たのしい 暮しの断片《かけら》

シロかクロか、どちらにしてもトラ柄ではない

文＝金井美恵子　絵＝金井久美子

平凡社

「窓の内と外」

目次

I

II

たのしい 暮しの断片《かけら》

シロかクロか、どちらにしても
トラ柄ではない

文＝金井美恵子　絵＝金井久美子

平凡社

I

木のヘラが台所に再び参加する

すっかり見慣れているせいで気にもとめていないのだが、なにかちょっとしたことがきっかけになって、つくづく手にとってみれば、これはもう五十年以上使っている、という台所道具がかなりあるのだが、そんな片隅にもささやかな栄枯盛衰の歴史がある。

バッター・ビッターと呼ばれる道具もその一つだろう。フライパンで調理をしているものを、ひっくり返したり、炒めたり、混ぜたり、肉やフライの下に差し入れてお皿に移したりする道具で、私たちが子供だった頃、「暮しの手帖」で推奨されていた道具で、家でもさっそく買ったのだった。その頃一般的にフライパンとセットで使われていたフライ返しと呼ばれていた道具は、フライパンで作る炒め物の調理に使い勝手が良くないというところから作られた商品だった。

親類の家や友達の家に遊びに行くと、大きな釜で炊いた御飯をおひつに移す時に使う木のおしゃもじを使ってフライパンで炒め物を作っていたものだったが、金属製のフライ返しのスマートさに対して、木のおしゃもじの色や質感の古びた感じが、なんと言うか、前近代的と言うか封建的な感じを子供心に持ったのは、貧しくて古いという言葉と同義語のように戦前について漠然と思っていたせいなのだろう。

坂口安吾の戦後の随筆に、群馬県の桐生に住んでいた頃、家で使っていた若い女中さんがフライパンを何に使う鍋なのか、初めて見て見当もつかずに驚いていたと書いていたのだから、日本の食生活が、本格的に欧米化されるのは、高度成長期以後のことだという気がする。

欧米化の食事に欠かせないのがフライパンだったのだが、フライパンと言えば、鉄製の物ではなく、テフロン加工の物を意味するようになったのは、おそらく、ここ三十年かそこいらのことではなかっただろうか。私の家では鉄の中華鍋は今でも使っているが（かれこれ、五十年の使用歴）、フライパンはテフロン製を使うようになった。それは手入れが簡単で、軽いから扱いやすいのと、鉄製に比べて調理に使う油の分量が少なくてすむのが、ヘルシーだということが原因だと思う。もう何十年も前、知りあいのアメリカ人がパリにいた頃、ダイエットの専門医からテフロンのフライパンを買うことをすすめられたと言っていた。

手入れが簡単と書いたけれど、テフロン系フライパンのあの表面のツルツルとなめらかで焦付かず、汚れが水でさっと流れ落ちるという便利な特質は、表面の加工が思ったよりもずっと早く剝げることでもある。おまけに、高価なものであれ、スーパーのバーゲンで買ったものであれ、値段に関係なく、ある一定の期間（それも、相当短い期間）使用したテフロン加工フライパンは、焦付きやすくなり、買い換えなければならなくなる。姉と二人、親もとから離れて暮すようになって半世紀、中華鍋は同じ物を今でも使いつづけているが、鉄製のフライパンは買い換えたのは一度、手入れの面倒さについに手離したのが二十年程前だった。二十年の間に、テフロンのフライパンを幾つ買い換えただろうか。

表面に傷がつかないように金属製のバッター・ビッターは使わず、樹脂製の物を使い、その他、商品のとりあつかい説明書（居丈高な調子で、丁寧に扱えと書いてあるような印象の）に書いてる項目を、とりあえず守ったところで、マニキュアや化粧や化けの皮が剝がれる時は剝がれるのと同じである。

スーパーのバーゲン・セールの激安フライパンの前で、高価なものと安価なもの（と言っても、八百円と五百円の違い）を手にとって睨みつつ、思案投げ首の奥さんを見かけるし、私のところでも、いつもの悩みどころである。高い商品（と言ったって、せいぜい三千八百円程度）を買っても、なぜか特に長持ちするわけではなく駄目になる時はすぐにやって来るし、何年か前、テレビの料理番組で、ギョーザを家庭で上手に焼くコツを伝授するきざな名人は、安物でいいからテフロンのフライパンを使い捨てにする気持ちでちょっとでも焦るようになったら買い換えるのがコツ、と何をためらうでもなく平然と語っていたのを見て以来、姉と私はテフロン加工フライパン使い捨ての野蛮な非エコロジー消費者になったのである。そもそもが、そのような商品として作られているのかもしれない。

しかし、はじめてのテフロン加工フライパンと一緒に買った、樹脂製で金属の柄のヘンケルスの小さな愛らしい鉄人が槍《やり》を持った商標のついているバッター・ビッターは今も揺らぐことなく健在だし、一昨年、御近所のSさんにいただいた木製の形の美しい料理用ヘラも、酷使という程ではないにしても日夜の使用に耐えて、台所での確固たる場所を得ている。

「大久保ハウス木工舎の木のヘラ」がそれなのだが、手にとって形をつくづく見ているうちに、昔からヘラという道具があったのを思い出した。子供の頃見ていた、

「四つの山」

Dior

炊けた御飯をおひつに移したりするシャモジの横の部分を切ってフライ返しに使っていると思っていたあれ、小豆を煮てアンコにする時に大きな鍋を底からかき回したりしていた木製のあれは、飯盛《めしも》りのシャモジではなく、木ベラだったのだ。

大久保ハウス木工舎の木のヘラの形は、微妙にブーメランに似ていて、そのせいで手首に負担がかからず使い勝手がいいのかもしれない。それに、和裁で布地に折り目や印を付ける時に使う小さな象牙製のヘラの形、丸いやや厚ぼったい先端の形と薄くなった刃のような形態にも良く似ているのだ。

御飯のシャモジとは別に、木ベラという道具が昔からあったのを思い出した。大久保ハウス木工舎の木のヘラはクリーム状の物や果物のジャムを鍋の底からかき回すのに具合の良い丸味が片側にあって、お玉より使い勝手がいいし、お好み焼きをテフロンのフライパンの中で切り分けるのにも遠慮がいらない。

そして、ヘラという大小様々の、手作りの道具は、調理や裁縫にかぎらず、絵具を混ぜたり、彫塑用にも、工芸用の糊を混ぜたりと様々な用途に使われる。バッター・ビッターの形もヘラを参考にして作られたのではないだろうか。

手芸と手すさび

町から本屋が次々と姿を消して、もう長いことたったのだが、町から姿を消してしまった小売店は、もちろん本屋だけではない。

四十年以上住んでいる町のことを考えても、まず、魚屋、八百屋、肉屋、豆腐屋、昔はあらもの屋と言っていた日用雑貨店（ザルやちょっとした食器や、鍋から、ハサミ、クギ、セメダイン、ホースなど種々の今では郊外のホーム・センターで売っているようなものを扱っていた小売店）、たいていは年配のおばさんが切り盛りしている子供相手の駄菓子屋、同じく学童相手の小学校の校門近くの、おじいさんが店番をしている文房具店（子供の数が少なくなり、小学校自体が統廃合されて姿を消した）、それと、子供相手だけではない様々な文房具を売っていた普通の町の文房具店も姿を消した店の一つだ。もう一つ、どこの町にも小さな店が何軒かあって、細々とは言え経営が成り立つのか、ふと心配になることがあったとは言え、手芸用品屋も、すっかり姿を消してしまったお店の一つだ。

BOiS
BOiS

「手芸屋」

どの小売店にも置いてある商品に、それぞれちょっとした特徴があって、あの肉屋のロースト・ビーフ、鳥肉と豚肉はこっちの店、あの魚屋は刺身と鯛のアラ、こっちではカキや貝の類、と買う物が決まっていたのに、もっぱら後継者問題（家業の労働の大変さを嫌ってサラリーマンになる子弟が多いらしいのだ）で店を閉めることになるのが食品を扱う店の場合で、医院のケースは息子や娘の勉強の出来の問題が大きく作用するらしいわけである。本屋は本が読まれなくなり売れなくなったため（本を日頃まったく読まないという大学生が四十パーセントを越えるという時代だ）手芸用品屋の場合も、日常的に縫い針や編み針を持つ人の数が減少したせいだろう。

私が子供の頃は、兄弟の多い家庭がたくさんあって、そういう家庭では、祖母や母親、年上の姉さんが手わけして、家族のセーターやチョッキや靴下や手袋を、せっせと何度も毛糸を足し直しては編み直して着まわすので、何色もの毛糸の混じったお古の横じまのセーターやチョッキを着ている子供は珍しくなかったし、女の人たちは、上手下手は別にして誰もが何かを編んでいた。

女の子たちは、ただまっすぐ編めばいいだけの簡単なマフラーとか、ゴム編みで輪っかを編んで、てっぺんを結んでポンポンを付けた正ちゃん帽という帽子を編んだりしたものだから、手仕事の好きな女の子たちは、冬休みに入ると、いただいたお年玉を小さなサイフに入れて上着のポケットにしまい、近所の毛糸屋や手芸用品屋を何軒もまわるのである。

毛糸屋兼手芸・洋裁用品の店は、店内の三方の壁が天井まで小さく区切られた木の棚になっていて、そこに色とりどりの毛糸をふんわりとまとめた桛《かせ》が収納してあり、カウンターや小さな引き出し付きのショーケースには、フランス刺繡やスエーデン刺繡や日本刺繡の艶々と輝くサテンのような糸が並び、バイヤス・テープや手芸用のフェルト、ミシン糸、糸巻きのボール紙にきちんと巻かれたボタン・ホール用の穴糸、絹や木綿のかがり用糸、中に入っている同じ種類で大きさの違う何種かのボタンを縫い付けた見本の紙の貼ってある小さないくつもの箱が、文字通り所狭しと並んでいて、手芸用品と洋裁用品を売っている店には、髪飾り用のリボンや、木製やセルロイド、それに新製品の透明プラスチックのパッチンどめも売っていたし、手芸用のビニール紐（マクラメ編みで買物用の手さげ袋を編むのが流行していたのを思い出した！）や、リリヤーン、下着の裾やブラウスの胸のピンタックの端に縫い付ける、いろいろな柄のテープ状のレース、和服用肌じゅばんのレースの袖、各種のハンカチ、家庭科の時間に使うセルロイド製の裁縫箱、小さな象牙（か、どこの物とも知れない馬の骨）やセルロイドの和裁用のヘラと、いくらでも品々を思い出してしまう。店に並んでいたり、小さないくつもの引き出しの中の、白いボール紙製の箱の中に整然と入っていたスナップやホックや針、革製や金属の指ぬき、小さないくつもの糸切り用のはさみ、造花作り用のコテ、花の茎を作るための緑色のテープを巻く芯の針金……。もちろん、新宿まで出かければ、洋裁用具でも手芸用品でも趣味の手作りのための品々がなんでも一堂に取りそろえてある大型店があるのだが、なにしろ、そうした手芸用の品物はそもそもが、針であれ糸であれ、小さな物ばかりだから、そんな小さな物を買いにわざわざ電車に乗って出かけるのが面倒になってしまう。かといって、針でも編み棒でも、使い捨てのガムテープやメモ用紙ではないのだから、百円ショップで売っているような物では使い勝手がまるで違う。

　通販で上質な物を買うことが出来はするのだが、小さな店で並んだ商品を手にとったり、店の人に出してもらったりして、あれこれ迷ってそれなりの時間をかけて買う時から、手作りの楽しみと言うよりも、手すさびの気晴しの楽しみが、一種優雅に始っていたものだったが……。

白髪《グレイ》交りの思い出

白くなっても染めないでいる髪を、グレイヘアと呼ぶようになったのはいつ頃からだったのか、つい最近のはずなのに何も覚えていない。

それが高齢者の通例だといわれるが、最近のことよりもはっきり覚えているのが昔のことだ。グレイヘアときいて反射的に思い出すことが二つある。一つは、グレイという言葉からの連想にすぎないのだけれど、アリソン・アトリーの石井桃子、中川李枝子訳『グレイ・ラビットのおはなし』で、主人公のつつましく働き者で頭の良いグレイ・ラビットは、田舎のコテージでリスのスキレル、うぬぼれやの野ウサギのヘアと三匹で暮している。二匹はおしゃれに余念がないのだが、グレイの毛並みで白い襟とカフスの付いたグレイのシンプルなドレスを着ているラビットは、人間でいえばいかにも自然派で髪を染めないで年齢を重ねるタイプである。

もう一つは、今から六十年以上も昔に流行したロマンスグレイという死語である。説明が老人めいてくどくなるのを避けたいのだが、ロマンスグレイが流行語でもあった一九五〇年頃、日本人の平均寿命は男が五十八歳、女が六十一・五歳だったことを念頭に理解してほしい。石川達三という流行作家の『四十八歳の抵抗』という初老男（その頃、四十八は初老だった）の若い娘への浮気心をあつかった小説がベストセラーになって映画化されて、この小説のタイトルとロマンスグレイが、一種セットとして流行ったのだった。

辞書によってはそっけなく「和製語。初老男性の白髪。その人」と、白髪や白頭、禿頭といった古来、髪の状態を表わす言葉と同列に説明しているのもあるけれど、姉と私の記憶でも、この流行語のニュアンスは、男の側からのもっぱら願望にもとづいた次のような辞書の定義に近かったと思う。「魅力のある初老の男性を、白髪交りの頭髪に象徴させてよぶ語」。

今使われている「グレイヘア」に「ロマンス」という要素が含まれていないのは、それがロマンスなどではなく生活上のリアルな選択の問題だからだろう。白髪を黒く染めて隠すというかカヴァーすることが若く見せるための、文字通りの化粧であることは、たとえば、日本の首相をはじめとする男の政治家の顔は、シワ取りのプチ整形さえしていないのに、黒々と染めてテカテカと油びかりした頭部というか頭髪をテレビの画面で見ていると、それだけで喋っている言葉の嘘がわかるというものだ。口にすることが欺瞞だらけなので、白髪のみならず、何かを糊塗しているかのように見えるのである。

女も、たとえば高級和服を着て客を接待するような職業（宿屋や料亭のおかみ、芸者、芸事の師匠など）についている場合は、黒々と染めて高く盛り上げて髪飾り付きの豪奢な髪型を選択するけれど、これは舞台化粧のようなものだから、強烈な違和感を覚えないわけではないが、男の政治家の黒々と染めた頭髪のそれにくらべたら違和感が少ないと言えるだろう。

かつて流行語でもあったロマンスグレイが登場したのは、オードリー・ヘップバーンの『ローマの休日』や『麗しのサブリナ』、『昼下りの情事』などが大人気で、オードリーの映画の中から流行のファッションが誕生した時代だったのだが、彼女の相手役の男優は、相当に年の離れた、金持ちで様々な意味で経験豊富な男たちで、中でもゲイリー・クーパーは（私たちの母はクーパーの老いを残念がったものだが）おじいさんと言ってもいい年齢（かつ見ためも）にもかかわらず、ロマンティック・コメディの二枚目を演じていたから、そこからロマンスグレイという和製英語が生まれ

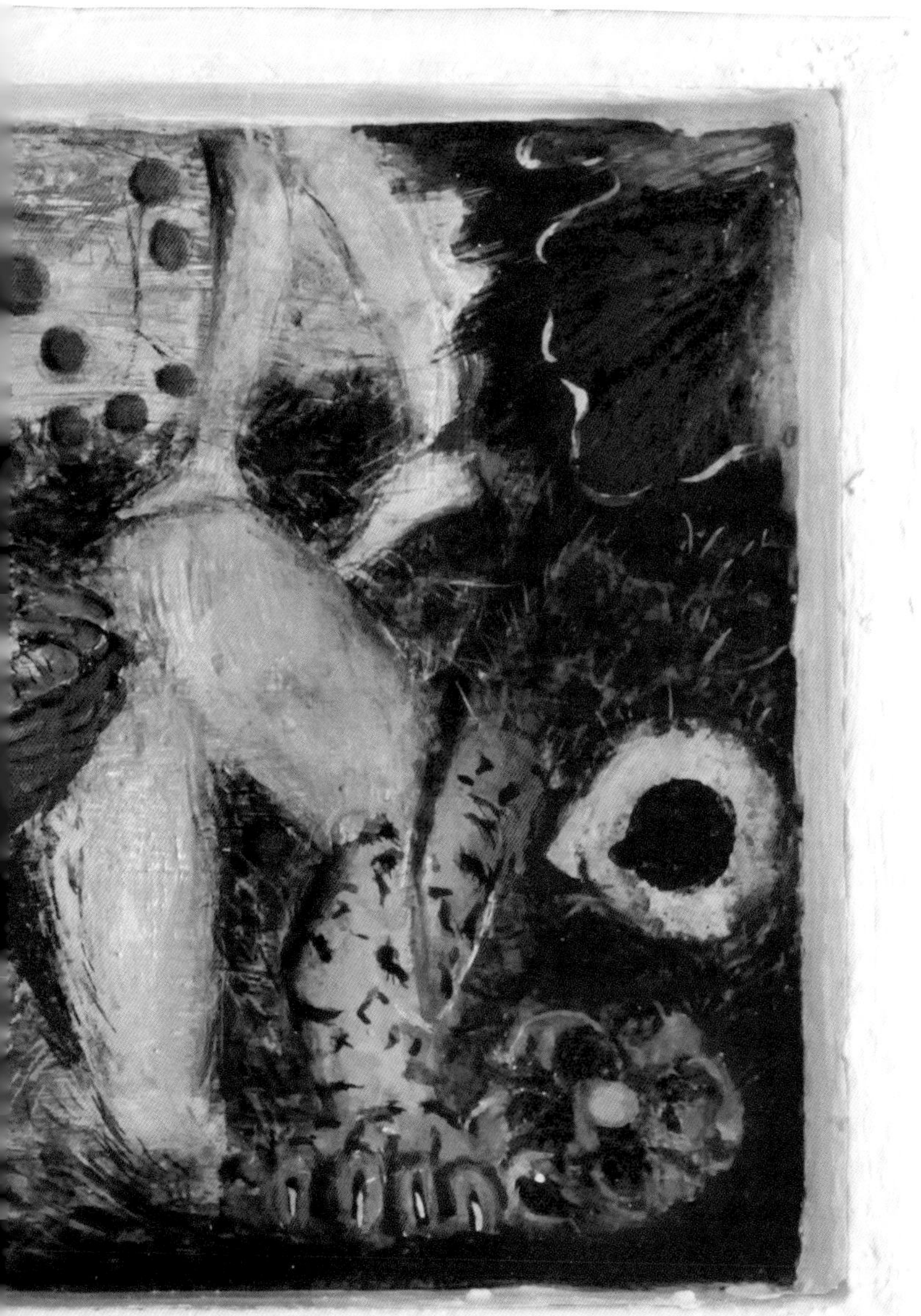

「秋の散歩」

たのかもしれない。同じ頃、童謡に、村の渡しの船頭さんは、今年六十のおじいさん、年は取ってもお船をこぐ時は力いっぱい櫓《ろ》がしなう、という歌があったのも思い出した。なるほど、男こそ若くなくてはならないのだった。年は取っても。

戦後このかた、先進国の男女は年を取っても若さを保って健康であることを求められつづけてきたわけで、その御褒美というか自己賛美のように、ロマンスグレイはまだまだ、女にもてますよ、という言説が出来たのだろう。

ところで、岩波書店のＰＲ誌『図書』に、料理研究家の辰巳芳子さんが殿方が自分で作るためお酒のつまみを兼ねた料理についてのエッセイを連載している。この男性読者が多い知的雑誌では画期的なことだろうと、愛読している。殿方という呼び方にふさわしい男がかつては実物としていたのかどうかは知らないが、ロマンスグレイという言葉が使われていた時代が甦る思いがする。料理を作るのはロマンスグレイの殿方と設定されているような現実離れの不思議なむずがゆさに居心地が悪くなるからだろう。

季節のおやつ

今年の夏もひどい暑さでそれを猛暑と書くか、それとも酷暑と書いた方が、実状にふさわしいか迷ってしまうところだが、Mの柔らかい音よりもKの音の鋭い響きと漢字の印象からも、ぴったり来るような気がする。

テレビの天気予報では、「熱中症に注意！」どころか「危険！」と呼びかけ不要不急の外出は避けるようにと気象予報士が告げるのだが、そう言われるまでもなく、姉と私はこの夏、山手線に乗って外出したのは二回だけで、あとはもう夜になってから、近くのスーパーマーケットに日用品や食料を買いに行くという、ほぼ引き込もり生活なのだった。

去年の夏は、暑い日のおやつに、チューブ型の容器に入ったチョコレート味と、ミルク・コーヒー味の二種がある氷菓が二本のセットになっているので、姉と一本ずつ食べると丁度よいグリコのパピコ（妙な名前である）や九州名物のミルク味氷菓白くまを食べていたのだったが、今年は買物の最後に、家から一番近いコンビニに寄るのもおっくうで、甘酒とミルクを混ぜた飲み物を専ら愛飲していた。冷房のきいた部屋にいてさえ、外気の暑さがジワジワと窓や天井（私たちの部屋は二階だてのマンションの二階）や壁から入り込んだり、こもっている熱気に包囲されているようだったとは言え、漢方医学の方面では、五十を過ぎたら真夏でも、氷でひえひえに冷やしたような食物はあまり食べないほうが良いと言うし、五十を過ぎて二十年以上の経験からも実感としてそのとおりなのである。

ミルクと甘酒（麴から作った）を半分ずつの分量で混ぜて一晩冷蔵庫においてなじませて飲む、というのは、以前どこで読んだのか覚えていないのだけれど、消暑の飲み物として、味も栄養的にもぴったりだし、冬にはそこへ酒糟を少々入れて温めていただく。

甘酒ミルクには、ヨーグルトを入れてもいいし、甘酒の買いおきが冷蔵庫にない時は、豆かん用に常備している黒蜜をミルクとヨーグルトを混ぜた物に入れていただくのも、ほっと溜息のでる夏のおやつだ。

豆かんを作る時、近頃では干しエンドー豆を塩味でゆでたものがどこでも売っているわけではないので、とらやのとまでは言わなくてもヨーカンを小さな賽《さい》の目に

「箱の内と外」

切り、棒寒天を煮てかためて賽の目に切ったものに、サラダ用のミックス・ビーンズのかん詰めを加えて、黒蜜をかけていただくのも、夏のおやつやデザートによく食べるのだが、今年の夏は、たまたま、いただきもののアイスクリームが冷凍庫に残っている時に言問団子の最中をお土産にいただいたので、両方を一緒に食べると、ごく上等なアズキアイス最中のようになることを発見した。

今年の夏のように暑くなければ、緑茶でもほうじ茶でもお茶を一緒に飲むところだが、合わせて飲むのはプレーンのソーダ水が口の中をさっぱりと爽やかにして、すっきりする。細切りの塩こぶか小梅を一緒に少々いただきながら、言問団子のトレードマークのちんまりと愛らしい〝鳥〟の図柄について、いつもこの鳥を鳩とかん違いしちゃう、と思う。もちろん、このトレードマークの鳥は、『伊勢物語』の

名にしおはばいざ言問はむ都鳥わが思ふ人はありやなしやと

から取られているのだから、都鳥《ゆりかもめ》に決まっていて、大横川にかかる業平橋と隅田川にかかる言問橋も、この在原業平の歌から名付けられているのだけれど、鳥類

図鑑で見る都鳥は、チドリに似ていてクチバシがもっとずっと長いのである。

もっとも『伊勢物語』九段には「白き鳥の嘴《はし》と脚と赤き鴫《しぎ》の大きさなる水の上に遊びつつ魚《いを》をくふ」と書いてあるが、図鑑の鳥は頭と背が黒で腹部が白く、長いクチバシとチドリのように長い脚は赤。『伊勢物語』の作者は都鳥の実物は見ず「名にしおはば」で詠ったのだろう、などと考えながら、明るいキツネ色に焼いた最中の鳥の頭をパクリと食べて、おやつの時間がすぎ、鎌倉の鳩サブレーの店の豆菓子は、鳩に豆はつきものなので作られたお菓子なのだろうかと、ぼんやり考えたりしながら、午後の時間はけだるく流れ、たまらなく眠くなるのだった。

肥満と反省

アリとかミツバチ、それにリスの類《たぐい》は別として、野生の動物には先のことを考えて食料を溜め込むということがないから、肥満することはない。手近なところに溜め込んでおいたすぐ食べられるものがないのだ。

猫を飼っていた時、ケガや病気やらで通っていた動物病院に、飼い主がやたらとエサをあたえすぎたせいで巨大と言ってもいい程のデブになった猫や犬がダイエットのために入院していたのを何度も見たことがある。ダイエットをさせられていたブルドッグが、空腹というより、過食を禁じられた欲求不満のせいだったのかもしれないが、玄関マットをガツガツ貪って緊急手術のために入院していたのを思い出したのは、最近、たとえばスーパーマーケットなどでやたらと肥満型の人々（年齢や性別を問わず）が増えたような気がするせいかもしれない。これも何かの不満や不安のせいではないかと、つい陳腐に思ってしまう。

何年か前、NHKの、あれは料理番組なのか健康番組なのか「反省ごはん」という番組があって、反省とごはんという言葉が並ぶと日光さる軍団のお猿が片手を台の上について頭を垂れるという、いやな感じの「反省」のポーズを思い出してしまうのだった。「反省ごはん」のコンセプトは、ダイエット中なのについ誘惑に負けて過食してしまった翌日の、つつましい低カロリーの、それでも満腹感が工夫されたダイエット・メニューのことなのだった。誰だって食べすぎ（や飲みすぎ）をした後の食事は、体調のうえからも控えめになるのがあたりまえだと思うのだが、安保・防衛問題も経済も、圧倒的にアメリカという大量のカロリーを消費する「デブの帝国」の影響下にある日本では、そういう訳にはいかない。いわばダラダラと、高カロリー高脂肪で糖分の多い食品を大量に食べつづける食生活が大量の広告やテレビ番組や雑誌の料理のページの誘惑的な映像を通して奨励されているようなものなのに、一方で見ための美しさ（それは痩せていることである）と体の健康（これも痩せていることである）が求められているので、人々は過剰に食べることに対して罪悪感を持つようになるらしいのだ。

　テレビで、ダイエット効果があるとされている食品（豆乳のアイスクリームだの低糖質のケーキといった類）が紹介されると、街頭インタビューには、かならず若い女の子たち（全然太っていないし、まずまず美人の）が登場して、「あっ、おいふぃー、罪悪感もなーい」と、濡れたピンクの歯茎と歯（もちろん、真っ白）をむき出して満面の笑みを浮かべる。

ところで、家の近くでは一昨年に出来た若者むけマシーン・トレーニング教室がどうやら利用者が集まらないらしくていつの間にかなくなってしまったことと、肥満の人間が増えたと感じることの関係の意味は、実はわからない。女性専用で全国展開しているマシーンを使ったジムは大にぎわいで、小ぶとり体形の動作のゆっくりした高齢女性の二、三人連れがゆっくりした足どりで歩いているなあ、と思っていると、彼女たちは必ずジムの入口に吸い込まれて行くのだが、はっきり言って、その効果はわからないのである。

野生の、たとえばトラでも象でもサルでもデブがいないということは、彼等の生活する空間には、食べようとさえすればいつでも簡単に食べられるラーメンや唐揚げやハンバーガーやドーナツやピザや牛丼やビールやアイスクリームを売っているコンビニがないということである。そうしたものに囲まれている都会の人間もそうしたものを必要以上に食べなければ肥満はしないのだが、誘惑的な新商品の食物はいつでも大々的に宣伝され、どうやら聖アントワーヌを誘惑する様々に姿を変える無数の悪魔たちに似ているらしいのだ。悪魔たちは誘惑に負けた者に皮下脂肪と内臓脂肪、醜い肥満を与えることになっていて、若い娘たちは、健康というより見ための美しさのために誘惑に負けないと決心したのだし、高血糖や高血圧、ウエストのサイズをもとに医者から痩せるようにと言われた中高年たちにとってダイエットは、決めたことを守れるか破るかという人格にかかわる厳しい戒律なのだ。守らなければ、ただ太るだけではなく、体がとんでもないおそろしい病魔（ある種の健康番組では、病気をこのように言うのだ）にとりつかれるだろうし、規律も守れない駄目人間と思われるし、自分でも思ってしまいそうではないか。

そこで、反省とか罪悪感という言葉が、食べることにつきまとうことになる。食物の誘惑に負けた敗残者としてのデブの病人というイメージが肥満にはつきまとっているし、中学や高校の女子体操部の部室や練習場には、太っては絶対駄目という含意の標語（たとえば、「その一口が豚のもと」等）がベタベタと強迫的に貼ってあるという話を聞いたことがある。

それにしても、ダイエットをする必要のある者（健康上の要請）も、それほどでも

「サーカスの少女」

ない者（痩せさえしたら、きれいになれると、なんとなく、ぼうーっと根拠なく思っている）にも、反省と罪悪感が強いられるのだから、精神的には大変な負担だろうと思うのだが、どうやら、反省とか罪悪感を口に出しておおっぴらにすると、半ば以上の罪の意識はあっけらかんと消えてしまうのかもしれない。免罪符である。でなければ、だいたい反省だの罪悪感だのと、そう簡単に言えるものではないだろう。

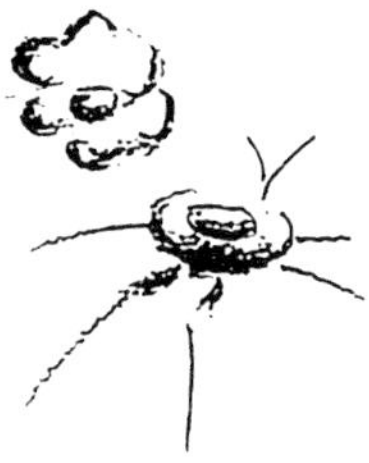

ジンジャーシロップと甘酒

黄色い素朴な紙に赤で、中国風の馬と兵士とヨロイの図柄のラベルが貼られた、タピラコの馬甲ジルシのヤクゼンジンジャーシロップは、映画監督の井口奈己さん（本誌に、鋭くかつリラックスした映画批評を隔月連載中）にお土産で頂いて口にしたのだった。自然派的なことを指向というか、志向も嗜好もしないし、まして思考したり試行することも、姉も私も全然ないし、これをプレゼントしてくれた井口さんにもなさそうである。薬膳というのは、もちろん自然派的なものに決まっていて、体を温める食べものとか冷やす食べものとか言われると、チッ！うるさいね、体を動かせばすぐ、あったまって汗をかくだろ？と野蛮に鼻を鳴らすタイプなのだが、生姜は子供の頃から好物の野菜だし、毎朝飲むミルク・ティーには蒸し牛姜の粉末とシナモンを入れているのである。

今月の本誌にこのジンジャーシロップが紹介されるということを、編集部のYさんに伺ったので、くわしいことはそちらの記事を読んでいただくとして、私のとこ

「真珠博物館」

ろで、シロップをどう利用しているか――あたりまえのものばかりだが――書こうと思う。飲み物として夏はソーダ割りでジンジャーエール、秋はホットミルクに入れたり、料理は当然、カレー、生姜焼きのタレなどに混ぜる。ビンの底に溜っている細かく刻んだ生姜が、おろし生姜に加わると歯ざわりのアクセントになっておいしいのだ。クズ湯に好みの分量を入れると、甘すぎる市販の生姜クズ湯とはまったく違う香ばしい温かなおやつにもなる。おかき一、二枚と熱い棒ほうじ茶を一緒に――。

ところで、生姜といえば、おろした搾り汁を甘酒に入れる習慣があるけれど、私はどうもこの組みあわせに疑問を感じるのである。体を温める作用がより強まるということなのだろうが、味としてどうも口にあわない。糀で作った甘酒のおだやかで心地よい甘い発酵臭――眠くなるような甘く温かな湿り気をおびた――には、ピリリッとした鋭い生姜の香気がクセがありすぎてあわないと思うのだ。

甘酒といえば、私が思い出すのは、戦場で病を得て、満二十八歳で夭逝した山中貞雄監督の『河内山宗俊』（１９３６）の若いお浪（原節子）が屋台で売っている甘酒である。不良少年の弟、ヒロちゃんの心配をしながら働く孤児の姉弟の会話は、小津安二郎監督の『東京の女』（１９３３）の岡田嘉子と江川宇礼雄の孤児の姉弟の会話へのオマージュだというのは映画史上の定説なのだが、こちらは、不良の弟が姉は売春をして自分を中学に通わせているのではないか、そんな汚い金で教育を受けるなんて、と悩むという筋の中で、あんたこの頃、ちょっと変なので心配してたけど、なんだ、そんなことだったの、というのが姉役の岡田嘉子の台詞で、弟は、この答えに、拍子抜けというか、意外そうな、えっ？ という顔をする。姉が売春をしているのではと悩む弟に、こう答える姉の強さがいきいきと光る名場面だと私は思う、と、こう書いていると、ついつい映画の方へと話が進んでしまうのだが、糀甘酒である。糀ともち米のおかゆを混ぜて一定の温度を保って発酵させる甘酒は、電気ガマを使えば簡単に作れるということは知っていたが、私のところでは、電気ガマを使わず、五十年以上健在の四合炊き用文化鍋で御飯を炊いているので、一定時間の保温という面倒な手順を確保するのが案外むつかしくて、家で作るのをあきらめていたのだった。

ところが、通販カタログで、ヨーグルト製造器の紹介記事を読んでいたら、当然のことだが、この電気器具で甘酒も作れるというのである。この夏、さっそく購入して、ヨーグルトはまだ作っていないのだが、甘酒はすでに三日にあげず作っている、といっても、お米かもち米でおかゆを炊いて、ほぐした糀と混ぜ、専用の容器に入れてタイマーをセットし、途中、一、二度かき混ぜるだけなのだから、作るというのもおこがましいのである。『河内山宗俊』の原節子演じる十五、六歳の娘は、甘酒を作るのに苦労したのではないか、しかし、失敗して少し酸っぱくなったり甘さが足りないとしても、原節子お手盛りの甘酒に文句をつける客がいるとは思えない、などと考えたりもする。

一回分、米一合、糀二百グラムで、野田琺瑯の白い四百グラム角型に丁度の甘酒が出来あがる。冷蔵庫で保存した冷たい白い容器の中で、糀とお米の発酵した粒がキラキラ光っているのを見ると、たとえば、ミルキーウェイとか、蜜と乳の流れる川、などといったものを、勝手に夢想して、単純に幸福である。

夏の間によく飲んだミルクと甘酒を好みの量で混ぜ、一晩冷蔵庫で寝かせた飲み物（金沢の糀屋のおすすめレシピ）には、私の信念にさからって、タビラコのジンジャーシロップを少し入れるのが、なぜか、よくあうのだった。

そして、通信販売といえば、すぐに思い出す印象深い映画があるのだが、それは次回に触れることにしよう。

時間のかかる買物

通信販売の登場する映画について書こうと予告しておいて、連載を一ヶ月休むことになってしまったけれど、また再開いたします。

一月号に井口奈己さんが、H・ホークスの映画との幸福な出会いについて書いているのを読んで、こちらまで幸せな気分になった。考えてみれば私たちの世代（前世紀の半ば前後に生まれた）の者たちは、十九世紀にその華やかな全盛期を生きた演劇や大長篇小説や瀟洒な短篇、オペラやオペレッタ、歌舞伎や人形浄瑠璃といった芸能やアートを、テレビの中継ではなく、いわば映画という十九世紀に生まれて二十世紀に独特の形で開花したメディアに見事に焼き直さ《プリント》れたものとして経験したのである。

そもそも昔から、どんな階層の社会でも子供は祖父母の世代の年寄りと身近な関係を持っていて、祖父母だけではなく、話し上手の使用人や物売り、近所の老人と接して、昔話やおとぎ話、芝居のあらすじなどを、語り手の潤色も交えて話してもらいながら、自分で文字を読めるようになるまで、物語やお話に全身で触れる。
子供たちは、映画も、子守をしている祖父母に連れられ、その解説付きで見たものだが、考えてみれば、六〇年代半ばから九〇年代の末までテレビの日曜洋画劇場で放映される様々な、それこそ雑多な映画の前後に解説をしていた映画評論家の淀川長治は、戦後核家族化した社会の中で、テレビを通して祖父母が孫に楽しく教えてくれて、自然に身につく親しい教養としての劇的空間を伝えた存在だったのではないかと思いあたった。

小泉八雲は、日本の田舎の屋敷林に囲まれた村のシーンとしずまりかえった静かさについて、働き手の大人たちが住居から離れた田畑や山で働いている時、幼い子供たちの面倒を老人たちが見ているので、村には半分別の世界（はっきり言えば死の）の静かさが、糸繰り車を回す音やはた織り機のバタンという音と共に響いている、と描写しているが、その静かな音の響きのように、八雲の怪談もそれぞれの老人の呼吸から子供のドキドキする心臓に伝えられてきたのだろう。

ところで、私はアメリカ映画に登場する通信販売のことを、大好きなホークスの『リオ・ブラボー』（'59）を例に出して書くつもりだったのだが、ふと思い出したのがフロリダ北部の開拓村が舞台の『仔鹿物語』（'46クラレンス・ブラウン監督）で、これにも通販が登場する。

広大な未開の土地を開拓する移民たちによって作られたアメリカにとって、西部開拓史はアメリカの建国史と同じだから、映画の舞台として豊穣かつ陳腐な空間として、第二次世界大戦と同様にマネーメーキングな大衆的素材でもあったのだが、この二本の映画の中で、開拓者の夫（アメリカの巨人といった顔の俳優、グレゴリー・ペック）は、近所の賃仕事をして稼いで苦労させている妻の誕生日に通販で金のネックレスをこっそり買い求める。ホークスの痛快西部劇『リオ・ブラボー』では、メキシコ人の酒場兼ホテルの主人が愛妻の誕生日プレゼントのために通販雑誌のエッチングの図版を見て胸をときめかせながらシルクのレース飾りのついたジュボン（赤い地に黒いレース）を注文したらしく、当日まで秘密にしておくために、ジョン・ウェインの演じる町の保安官の事務所気付けで品物を取り寄せるという設定である。無骨な保安官とセクシーな下着のアンバランスのおかしさ程度のものが、ホークスにかかるとなぜあんな笑いを呼ぶのだろうか？

アメリカを代表する職業《ジョブ》といえば大統領職自体がセールスマン（一時マリリン・モ

「チョコレート・ボックス」

ンローの夫でもあったアメリカを代表する劇作家アーサー・ミラーの一番知られた作品は『セールスマンの死』だ）なのだが、国内ならば誰もが同じ値段で、ほぼ同じ配達料で商品が民主的に平等に、支払ったものと等価なものが買手にとどく通信販売こそいかにもアメリカ的な買物のスタイルだったのだ。開拓されつつある荒野の僻地で一番手に入りにくいものといえば、むろん、婦人用の贅沢でちょっと非日常的な特別のおしゃれ用品だろう。夫たるアメリカ男は、それを妻に買ってやらなければならないのである。

淀川長治の自伝に、旧制中学生だった大正の十二、三年の頃だろうか、アメリカの雑誌の歯みがきペーストの広告に、何セントだかの切手を同封して、見本を送れ、と申し込みあらば、即、見本品進呈とあり、面白がって申し込んだところ、歯みがきを買うかどうかわかりもしない、遠い極東の港町神戸に住む少年のもとに封筒に入れた切手代金よりもずっと高い切手の貼られた封筒に入った小さな金属のチューブ入りのミントの香りの歯みがきペーストが、船に乗って太平洋を渡り、長い時間をかけてちゃんと送られてきたという、アメリカ的セールスの真摯さのエピソードが語られていて、ただの歯みがきペーストがそれこそ東と西の夢の空間を結びつける浮き橋のように思えた昔の少年の心の高ぶりが伝わる。

ところで『仔鹿物語』という映画は、子供の頃に一度見ただけだが、戦争を背景にした同時代の子供が主役のいろいろな映画にくらべると、ロケーションではなくスタジオに作られたセットの人工的でクリスマス・カードのような総天然色の映画で、子供心に感じの悪いというか気恥ずかしいものだった記憶があるが、淀川長治は「この映画にリアリズムを求めて憤慨する方はケチな根性の人」と書いている（『淀川長治映画ベスト1000』）。グレゴリー・ペック（『ローマの休日』のあの新聞記者）が演じた父親は、実はスペンサー・トレイシー（重々しい役を演じる重厚な演技派男優）がやることになっていた、と告げる。そうなれば映画のスタイルが変わって美少年の子役も出せないし、モノクロになってしまう。「でも、そんなことをしてこの美しさをこわす必要ありませんね。天国のコーラスを聞くような、愛の調べを楽しめればいい。ジョディが仔鹿を見つけた瞬間、その仔鹿を抱いて帰る。その〈一幅の絵〉は生涯忘れられない美しさです」と淀川さんは堂々と書く。ディズニーの『バンビ』と同じ仔鹿がごっちゃになってしまったり、同じ西部の開拓もの映画『シェーン』の大ヒットのせいで日本では評判も悪く様々な意味で割を喰った『仔鹿物語』だが、映画を愛する淀川さんは、サイレント映画のグレタ・ガルボの素晴らしいキス・シーンを思い出すだけで鳥肌の立つ『肉体と悪魔』への熱烈な愛のために、この映画を賞讃するのである。

通販的な手段が、いろいろな商品の買物だけではなく、手紙のやりとりだけで交際相手や結婚相手を見つけるためにも使われたのは当然で、それが犯罪に結びつくリスクがあるのも当然のことだった。

戦前のモダン青年誌「新青年」に連載された牧逸馬（林不忘）の『世界怪奇実話』には、文通による結婚希望欄を利用して結婚希望者の何人もの男たちをオノでなぐり殺して財産をまきあげた、まさしく女怪の実話が載っていたが、手紙のやりとりだけで見ず知らずの相手と結婚するという、考えてみれば、スリリングというよりは恐るべき状況のはなしで思い出すのは、小学生の頃に見た『黒い絨氈《じゅうたん》』（'54年バイロン・ハスキン監督）というアマゾンの人喰い蟻に農園が襲われる、ホラーともパニックともいえそうな映画である。

インドを舞台とした『巨象の道』（'54年ウィリアム・ディターレ監督）と同じに、戦後の植民地の独立が、象徴的に動物（巨象）対白人として描かれているともいえるけれど、『黒い絨氈』は、手紙による見ず知らずの相手との結婚というある意味異常な状況設定をロマンとして活《いか》した映画だろう。

　アマゾンのジャングルに繁茂する木の大量の葉っぱを噛み切って河に流しその葉っぱに乗って河を渡って襲って来る人も牛も喰いつくす大蟻の大群というより大軍もこわかったけれど、それよりも不気味だったのが、いろいろな条件が功利的に折りあったというだけで、見ず知らずの相手と結婚するという、通信結婚という方法だった。

　主役の農園主をチャールトン・ヘストン（のちには、進化した猿の大軍と闘い、全米ライフル協会会長にもなった）は、手紙で知りあい、辺境の農園にやって来る結婚相手が、美人で見るからに気位の高そうなエリノア・パーカー（のちには、『サウンド・オブ・ミュージック』のマリアの恋仇役の気位の高い美しい男爵夫人。ところで私は、白雪姫がカトリーヌ・ドヌーヴ、パーカーがママ母の映画を見たかった!!）だという、いかにも典型的な非現実的《メロドラマチック》なハリウッド映画であるにしても、奇妙で異様な設定に思えたものである。

ずっと後年にこの映画を見直したのは、設定がよく似ているし、むろん意識して作られたのに違いない、フランソワ・トリュフォーの『暗くなるまでこの恋を』（'69年）のおかげだ。フランスの植民地の純情一途な農園主をジャン＝ポール・ベルモンドが演じ、手紙のやりとりで決めた本国からやって来る結婚相手役をカトリーヌ・ドヌーヴが演じている。いわば、主役の二人がミス・キャストの共演である。なぜ、ドヌーヴのような超現実的とさえいえそうな超美女が手紙結婚をしなければならないのか、いかになんでも不自然すぎるところだが、もちろん私たちは映画にリアリズムを求めているわけではないのだし、トリュフォーはドヌーヴが手紙の主になりすましている、のっけから背後に隠された秘密を、あからさまに告げてもいる。

手紙による見ず知らずの不自然な男女の結びつきという主題（いわば、犯罪とか異常さの匂いのつきまとう）の『黒い絨氈』を、トリュフォーは、運命的に出あってしまった男女の逃避行という主題の映画に撮り直す。

『十戒』（汝、姦淫するなかれ、の）でモーゼの役を演じることになるヘストンは、この『黒い絨毯』では、価値のある高価な買物として「結婚」と「妻」をピアノや家具同様に遠方の文化的な祖国から通販で取り寄せることの出来るまっさらな新品と考えているのである。

そうした愚かさを、大地を覆いつくし、全てを喰いつくして農園をもとの野蛮な生命力に満ちたジャングルに変えてしまう人喰い蟻によって思い知らされることになるのだが、トリュフォーは、この映画を意識しながら、まったく別の恋の逃避行（恋とはいつでも、幸福よりもどこか後ろ暗さがつきまとう）の映画を作ってしまったのだ。

それから長い年月が流れた二〇一四年、私たちはフランスの若い映画作家ギヨーム・ブラックの『やさしい人』を見て、トリュフォーの『暗くなるまでこの恋を』が、七七年生まれの若い監督によって、作り直されたことに、感動するのである。映画はしっかり生きつづけている。生きていてよかった、と思う経験の一つである。

もちろん、一本の映画（しかし、いったい、なぜ、映画は「本」という数詞を使って数えられることになったのだろう？）は無数の先行する映画の記憶と共生しているのだが、数詞ではない物としての、あるいは言葉としての「本」とも、もちろん記憶を共有しているのだし、さまざまな偶然とも時を共有しているのだ。

「孤独な部屋」

この原稿を書きながらギヨーム・ブラックの『やさしい人』のパンフレットを読みかえしている最中、たまたま送られて来た『コレットの地中海レシピ』（シドニー＝ガブリエル・コレット、村上葉訳、水声社、二〇一九）を手にとって、なんとなくパリ生まれだと思っていたコレットがブルゴーニュ出身であることを知った。『やさしい人』はブルゴーニュを舞台にした映画で、主人公の父親の作る料理が登場するのだが、コレットの本の地中海レシピではなく、彼女が子供の頃に食べたブルゴーニュのレシピの素朴な香りが、ブラックの映画の画面に重なって、あたたかい湯気のようにただよって来るようで、この偶然がなんとなく嬉しくなってしまった。

ファム・ファタル、オム・ファタル？

宿命の女《ファム・ファタル》という言葉には、ロマンチックかつエキゾチックな響きがある。あらがえない魅力で男をトリコにして破滅させる女（もっぱら「物語」の中に存在するヒロイン）を意味するのだけれど、現実の日本のメディアにそういう女が現われた場合には、このロマンチックなフランス語は使われない。

もうかなり前、妻のいる愛人が首を吊って自殺するというスキャンダラスな事件の中心人物だった女優（見た目は小柄で東北なまりが純朴な少女っぽさの残ったような印象の）が、「魔性の女」とメディアで呼ばれたのを思い出した。昔から日本では、犯罪をおかすだけではなく男を破滅させる女を、妖婦とか悪女、それでも言い足りない場合は毒婦などと呼びならわしたものだが、私たちの世代までがかろうじて覚えている言葉に、「ヴァンプ」というのがある。これはもっぱら女優に使われた言葉だ。ヴァンパイアから派生した言葉で、ゴージャスで妖艶で誘惑的な肢体と容貌を持った女優に使われ、戦後、「グラマー」という、どこか健康的な言葉が登場する

「クロコダイル・ボックス」

まで、ハリウッドの映画女優の持つ、一種の背徳と悪の魅力を象徴していたのだ。淀川長治にそれを語らせたら、あくことない語りが続く分野である。

いわば、「天然生活」に登場するSDGsというかエコな女性像とは縁もゆかりもない決定的にかけ離れた、自由奔放で残忍でさえある、人のことなどおかまいなしのゴージャスなファム・ファタルである。

イギリスのジャーナリスト、C・シルヴェスターの編んだ十九世紀末から二十世紀を代表する人物へのインタビューを集めた『インタヴューズ』（文春学藝ライブラリー、二〇一四）の三巻目には、女優のM・モンロー、B・デイヴィス、メイ・ウェストのインタビューが収録されている。モンローは当然、ファム・ファタルではなく、B・デイヴィスは悪女役を見事に演じたたし、収録されている一九七五年のインタビューでも、ぴりっとした知的悪女に徹しているのだが、真正なヴァンプ女優は十九世紀末生まれで二十世紀の一九八〇年に死んだメイ・ウェストだろうし、インタビュー集の中で本当の鼻持ちならない最低の悪女と言えば、一九七〇年にイギリスの教育科学相（後に英国初の女性首相）だったマーガレット・サッチャーだろう。まるで得意満面の保守「男」のように自助の精神と節約のためには、小学生の給食としての無料のおやつのミルクを取りあげる女である。

ファム・ファタルという言葉はあるけれど、オム・ファタル（宿命の男）というものはあるのだろうか、という疑問を何年か前に持ったのだったが、大して重要なことではないからすっかり忘れていた。

別のことを調べていてたまたま目に入った大岡昇平の「運・宿・命」（'84年）という短いエッセイ（『大岡昇平全集』21巻）によると、オム・ファタルの方が先行していたらしいのだ。ファム・ファタルは十九世紀末の三十年の間に定着した呼称で、十九世紀のラルース仏語大辞典では「オム・ファタル」が「ファム・ファタル」より先に出ていて「二十世紀ラルース」（'27～'33年）でも同じだったが、「ラルース」からオム・ファタルが消滅して「ファム・ファタル」だけになるのは「大ラルース百科」（'60～'64年）かららしいと書いている。

明治四十二年生まれの大岡は、男らしさに関して旧式なところを温存させているので、ラルースの説明の「この異変は、まずは男性一般のマゾ化と、二つの大戦の間に女性の自立が進み、一度男に誘惑されたぐらいでは、破滅しなくなったためと見るほかない」と、ここまででやめておけばいいものを、つい軽薄に筆をすべらせて、「しかしとにかく前世紀末から一九五〇年代まで六十年、男の方が優勢だったのだ。全世界の男たちよ、頭を上げよ、立ち上がれ、と私は叫けびたい。」とつづけてしまう。

オム・ファタル……。音として、ファム・ファタルのファーとフェルトの柔軟なふっくらさに比べてなんとなく間の抜けた響きがあるし、オムという響きがオムライスを連想させる……大岡が例に出す、ドン・ファンにせよファウストにせよ、なんか、女を誘惑するより「自己」という「存在」を追究することに対して常に興味を持っている感じではないか――。なんか、とんでもなく古色蒼然とした話しになってしまったが、まあ、それはともかく、オム・ファタルという文字通りの死語についてのふと持った好奇心はある程度満たされたわけである。

自分《おとこ》のせいではなく、イヴ《おんな》が巧妙にあの手この手を使って誘惑したからだ、悪いのは「女」だという世界観が基本にあるわけで、たとえば『西遊記』に登場する数々の異形の妖怪たちの中でも、女怪たちの方が魅力的なのもうなずける。

さらに、イヴ、エヴァという名前は、カップルのアダムとは違って、大小の女性的な「悪」を象徴しつつ、男を破滅に導く女を指す名前として、小説や映画の中で使われてきた。ジャンヌ・モローの笑った口が黒々と底無しにひろがる闇のように見えるジョセフ・ロージーの『エヴァの匂い』に比べれば、児戯に等しいがベティ・デイヴィスとアン・バクスターの『イヴの総《すべ》て』などをすぐに思い出せるのだが、ではイヴのパートナー、アダムは？　誘惑されて破滅するか、それとも甘美な誘惑に溺れた男を激しく糾弾しながら内心の羨望を隠すか？

いや、アダムといえば聖書の次に誰でも知っているスミス、『国富論』（一七七六）で十八世紀にはじめて経済学を体系化し古典経済学を確立した父権的人物となるのである。

運命の男《オム・ファタル》、スクリーンの中の、

早川雪洲と言えば、サイレント時代の〈ハリウッドの美男スター第一号〉（淀川長治）である。「運命の男」は、もちろん、美男でなければなるまい。前回に引用した、大岡昇平は、〈一九二六年、スクリーンの中の『運命の男』ルドルフ・ヴァレンチノが死んだ時、世界中で三人の女が自殺または自殺未遂をした〉と書いているけれど、ヴァレンチノ以前に、セッシュー・ハヤカワ（Sessue Hayakawa）はオム・ファタルとしての名声を確立していたのである。

小学生の頃、『戦場にかける橋』（'57年）の主題曲として知られた「クワイ河マーチ」が水曜日の午後のラジオの洋楽ベスト・テン番組で、長いこと『エデンの東』の主題曲と順位を競っていたのを覚えている姉と私は、アカデミー賞七部門受賞のこの大作映画を、近所のオリオン座で見たのだが、ビルマ＝タイ戦線の日本軍捕虜収容所の所長を演じている特別に美しいところなど一つもない、熱帯スタイルの半ズボンの軍服を着た中年の厳しい顔つきのおじさんは、戦前の、有名な美男スター、セッシュー・ハヤカワなのだと母親に言われても、ポカンとするだけで、スクリーンの中の〈オム・ファタル〉とは縁のない世代に属しているのだ。

『エデンの東』と書いたけれど、主演俳優のジェイムズ・ディーンは、'55年にはスポーツ・カーのポルシェを運転中に二十四歳の若さで事故死していたのに、ジミーの死をいたむ日本のファンたちはラジオの洋楽ベスト・テン番組に彼の主演映画のテーマ曲のリクエスト葉書きを送りつづけていたわけだし、映画批評家の小森和子は、知人たちに回忌ごとにジミー饅頭を配っていたというゴシップを映画雑誌で読んだことがあるくらいだし、ジミー・ディーンの熱狂的ファンは世界中に男女を問わず大勢存在していたのだが、その様々な例をひきあいに出していると、この連載の次の回を使ってもまだ足りないかもしれない。

とは言え、彼はオム・ファタルなどではなく、第二次大戦後の世界（欧米とそれを真似る国々、という意味での世界）のどこにでもいた戦後の青年像そのものだったわけで、世界中の若い男の誰もが、ジーンズに白いTシャツに赤い木綿のジャンパー（『理由なき反抗』でのスタイル）か、グレーのVネックのシェットランド・ウールのセーター（『エデンの東』）を着るか腰に巻いて、少し肩と背中をすぼめ気味にして歩き、上目使い（これがジミーの特徴）で恥ずかしそうに笑う、というスタイルを真似たし、そこから、世界中の真似男たちから数々の男性スターが誕生したのだったが、これも書いているとキリがない。

フランスでは、美男スターのジェラール・フィリップの死と前後してアラン・ドロンがデビューしているから、若いとびきりの美男スターの系譜は受けつがれているように見えはするものの、ヌーヴェル・ヴァーグ的ヒーローの鼻のつぶれた顔のジャン＝ポール・ベルモンドが登場し、ジェラール・フィリップに代表される美男の持っていた伝統的文学臭の知的雰囲気がスクリーンの中で重要ではなくなるのだ。その頃、「暮しの手帖」の〈フランス通信〉をパリから伝えていた渋澤栄一の子孫の一人で保守的なエッセイストが、今時のフランスの若者は、あきれたことにアメリカ文化にかぶれて、ワインは飲まずにウイスキーをおしゃれな飲み物だと思い、労働着のジーンズが最高のおしゃれだと信じていると書いていて、私は、まだ小学生だったのだが、いわゆる大人とは、今後対立する以外ないな、と思ったものである。

しかし、その頃まだ誕生して五十年にもなっていなかった映画（フランスのリュミ

「運命の男、スクリーンの中の、」

エール兄弟が一八九五年に上映したのが、スクリーンに映写された世界初の映画だ）の歴史を知るようになるには、まだ十年以上の時間が必要だった。

　二十世紀初頭の映画が安い入場料の見世物的娯楽だった頃、たとえば、ジャン・ルノワールは、若い女中さんにおんぶされて、パリの量産家具デパートの特設会場での無料の映画上映会で、映写機のたてる騒々しい音と、そこから流れ出す光の束を眼にして恐怖のあまり泣き喚いたそうだが、リュミエールが映画を世界ではじめて上映した年の一年前に生まれたルノワールは、それから何年もたたないうちに、銀幕《スクリーン》の中の「半ば神ともいうべき人々」である男優や女優を心底崇拝することから、映画史上に名を残すことになる。

　西洋活劇の剣士やカウボーイはもちろん幼い日の英雄ではあるのだが、それをさておいて、美しい女優たちのクローズ・アップが「生涯離れることのない映像となって」脳裡に焼き付けられ、それを見るためならば、他の大部分が「どんな退屈な映画でもじーっと座って何時間も観ている」ことが出来ると、何冊もの魅力的な「本」の作者でもあったルノワールは自伝の中に書いているのだが、それで思い出したのが、美男スター第一号の早川雪洲について、淀川長治が書いていることだ。

『チート』（'15年）で、大金持の在米日本人を演じた雪洲は、巨額の金を貸してやった白人の上流女性が、自分に身を任せないために、借金を返済しない者への懲罰として十九世紀には行われていたという焼きゴテを肩にあてる。これが当時のアメリカ女性（もちろん、性的のみならず様々に抑圧されていた）に受けて、「女性は早川雪洲を見にいくのに白粉をつけていったの。驚きですね。画面から見つめられていると思うとドキドキしたんです」（淀川長治）という事態を招いたのだと言う。

　白粉をつけていたのは大衆的観客の女性たちだけではなく、スクリーンの中の危険なオム・ファタルたちもだ。それがマッチョたちの憤激を買ったのだった。白塗りのメークで作った顔と黒い上等な仕立てのモーニングやテール・コートを着たすらりとした細身の体が、ヴァレンチノや、『散り行く花』で美しい中国人青年を演じたバーセルメスと同質の、白人男のごついマッチョ性とは別の女性的とも言える魅力を持っている彼等は、オム・ファタルであると同時に白人男性的アメリカの価値観とは対立する役を演じた。ヴァレンチノは柔軟な細身の体を持つダンサーであると同時に、スペインの闘牛士、アラビアのシーク、フランスの理髪師、ロシアの貴族として女を誘惑する。

雪洲がフランスで出演した日露戦争を背景にして世界的に大ヒットした『ラ・バタイユ』（'23年）は、二時間十五分の超大作映画で、おおむね退屈きわまりない怪作なのだが、日本海軍の将校の軍服姿の雪洲は確かに美しく、そして、これを見るのは一生に一度でいいのだから、と我慢しつつ一九九六年の東京国際映画祭のスクリーンに上映される雪洲の姿を見たことを思い出した。

晩年の大島渚は早川雪洲の伝記映画を撮る計画があったそうだが、もしかして雪洲役に坂本龍一を考えていたのだとしたら、それは違うだろ、と無意味な推量だが言いたい。日本人男優より、ずっと美男の条件にかなう中国か韓国の男優を使うことを、考えるべきだと思う。今さら言っても無駄なことだが——。

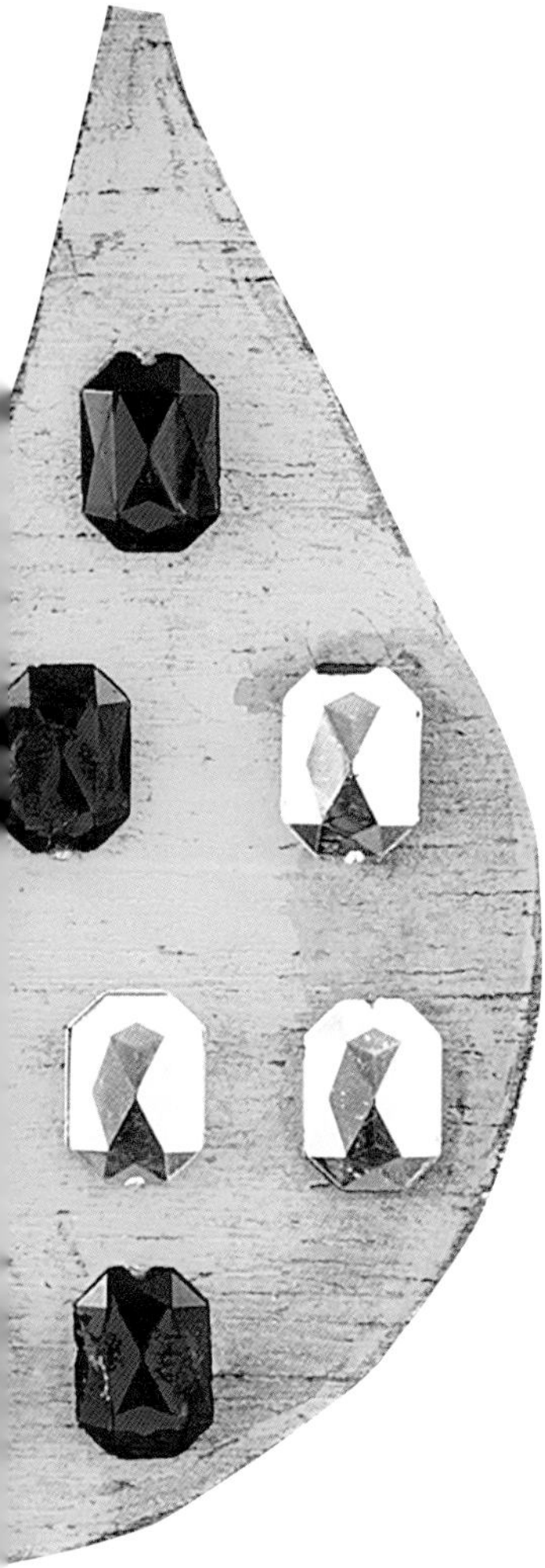

輝く眼と頬

ジャン・ルノワールの『草の上の昼食』（'59年）は、北方的合理的精神が南方的野生の官能に結局はかなわない、という愉快な寓話なのだけれど、私が思い出したのは、画面には登場しない、「行商人」のことである。

主人公のネネットはプロヴァンスのブドウ農家の娘（ルノワールの言葉によれば、完璧な南仏的体形——少し太め——の女優カトリーヌ・ルーヴェルが演じる）で、父親はいらないが、子供が欲しいあまり人工授精の推進者である教授の家のメイドになってチャンスを得ようとする。

就職の際の面接で彼女は、メイドとしての経験の有無を問われ、性的経験のことだと誤解し、肩を軽くすくめ、聞いていたほど楽しくなかったという思い入れで「一回だけ、行商人と」と答える。もちろん、ここではそうした経験について語るのではなく、店の数の少ない田舎に、様々な都会的商品を、馬車や時代が下ってはオート三輪とも呼ばれていた軽自動車に満載してやって来る「行商人」は、いかに

も魅力的な存在だったろう、と言いたいのである。

戦後はテレビシリーズとしても人気のあった名犬ラッシー物の第一作『家路』（'43年）は、子役時代のエリザベス・テイラーも出演しているのだが、それはそれとして、売られた先のスコットランドから千マイル離れた、仲良しの少年のいるわが家への路を旅する利巧できれいな毛並みを持ったコリー犬ラッシーの名を高からしめた映画である。ひたすら家へと向って歩く旅の途中、馬車で田舎を回っている親切で犬好きの行商人の老人と一緒になり、自分の進む道が行商人の行く道と分かれるところまで旅をする。様々な映画に、いろいろなタイプの物を売る行商人の馬車が登場したのを思い出しもする。行商人が売り歩いているのは、ありふれた日用の鍋釜、もみ殻の入った樽に埋め込まれているいろいろな瀬戸物、薬品、都会で流行していると称される衣類や、ちょっとした魅力的で安っぽい装飾品と、多岐にわたって、そして、ルノワールの映画では村娘に経験というおまけをつけてやったりもするわけである。

　買物と恋は似ているかもしれない、という気のする経験がある。といっても私自身のことではなく、見ず知らずの女の人たちが買物をしている姿というより、胸弾む買物を終えて、もちろん、名の知れたファッション方面の店のショッピング・バッグを持って家に帰る途中の幸福そうに上気した顔や、全身にあふれる喜びというものを目撃したシーンが忘れられないからなのだ。

一つはもう四十年も前になるだろうか、原宿の駅から、「ミルク」やその他の店の大きなショッピング・バッグを両手に下げて乗り込んで来て私の前の席に座った、見るからにブランド店のバーゲン目当てに溜めたお金をフトコロに、地方から上京して来たという様子の二人連れの女の子で、お目当ての服を買うことが出来た幸運と幸福に頬をバラ色に上気させ顔を見合わせては微笑みあうのだが、お喋りはせず、膝の上に置いたバッグに時々視線を落としては、満足しきってバッグをそっと撫でるのであった。私は熱いものがこみあげるのを抑えるのに苦労した。

ブランド店のセールに、若い娘たちが物欲を丸出しにし、血相を変えて我武者羅《がむしゃら》に押し寄せるということが、さも愚かなことであるかのように滑稽視されてテレビで伝えられていた時代だったのだが、幸福そうなバラ色に上気した顔を見ていると、マスコミ関係のアホ男たちがアレコレ言うことはないだろ？　と、つくづく思ったのだった。

「賢島」

二つ目は近所の小さなブティックでの経験。いつも客は入っていないのだがファンが定着しているようで、もう十年以上続いているこの店で、姉も私も、急に必要になったよそ行き用の服を何着か買ったことがあるが、買った時の気分としては、嬉しいというより、なんか自分の収入にそぐわない高い服を買ってしまったという後悔を、少しの間ひきずることになる値段なのである。

ある日、店の前を通ると、ガラスのドアが開いて、四十から五十の間という感じではあるけれど、見た目が自然派で、ゆとりがあれば山ブドウのカゴを持って歩きそうな、少女っぽさが抜けないというか保っている女性が、ぽんっ、と全身が弾むような動作で飛び出してきて、続けて店員があらわれ、丁寧にお辞儀をして店のショッピング・バッグを手渡すと、彼女は上気した頬を輝かせて微笑みを浮かべ、袋を文字通り胸に抱きしめ、まるでスキップをするような弾む足どりで駅の方へ歩いて行くのだった。よっぽど欲しかったお気に入りの何かをようやく買う決心をつけ、ついに買ったのだろうが、かなり前、同じ通りを売り出されたばかりのアップル社の新製品を手荷物用のカートに載せて、意気揚々、頰を上気させるというより鼻高々にそっくり返って歩いていた若い男を見たことがあったのを思い出したのである。持ちたいと願っているのであろうセルフイメージとしての出来る奴臭がフンプンとして、欲しい物を買った喜びより、欲しい物を手に入れた自分に酔っちゃうタイプで、女より男に圧倒的に多いらしいコレクターの一部にも、こういったタイプがいるのではないだろうか。

欲しかった服や身につける装飾品（かなり決心のいる値の）を買って手に入れた女の子や、もう少し年齢のいった女の人たちの上気したバラ色の頬とキラキラ輝く眼を見ると、私が思い出すのは、映画監督のジョン・フォードが、メイン州の小さな町の居酒屋経営者だったアイリッシュの父親の人柄を語ったエピソードだ。ニューヨークでの息子の映画試写会のパーティーで、銘柄品のアイリッシュ・ウイスキー（幾らでもおかわり自由）のボトルを見た時の顔を、クリスマス・ツリーに灯りがともされたように輝いていた、というのだ。

なんだか両者を比べるのは不釣合のような気もするのだが、上気したバラ色の頬と輝く眼が周囲におよぼす、なんとも言えない単純で素朴な満足と幸福感が、私の中では一致するのだ。もちろん、アップル男が周囲に発散していたのとは正反対のものである。

ユニバーサル・デザインとトースター

電気トースターが売り出される以前、トーストを焼くためには炭火の火鉢や七輪に餅焼き用の網を載せて焼いたものである。食パンの表面には網目状にキツネ色の焼き模様がつき、お餅の場合も同じだが、なんとなく凝った手焼きの印象とパンの焼けるいいにおいと重なり、さらに焦がしてはいけないという集中力も加わって、いかにも、おいしそうに感じたものだ。

お餅やかき餅を焼く時は、網の上の物をひっくり返すために菜箸を使ったものだが――ふくらむし、とても熱くなるので――食パンをトーストする時は、端の耳の方を指先で持ちあげて、ヒョイと裏返す。

といったことを思い出したのは、スクラップした記事を放りこんでいた箱を整理していて、ユニバーサル・デザインの商品研究から生まれた、オーブン・トースターからパンを取り出すための竹製のトングの記事が目についたからだ。「商品開発は日常生活がヒント」というタイトルの記事は、開発者がある日、父親（多分、年寄りの）がオーブン・トースターから熱いパンを取り出すために割り箸を使っているのを見て、使いやすいトングがあればと考え、竹のトングを思いついたという記事である。

その開発者は、金属製トングだと金気が強くてパンの味を損ねてしまうが、竹製は軽くて年寄りにも扱いやすく菜箸代わりにも使えて、環境的にはゼロ・エミッション、と言うのだが、この記事に私が何か違和感を持った理由は二つ。一つはパンという食物は金属のトングでさわられたくらいのことで金気とやらが移るのだろうか？　それなら、昔風に金網で焼くのも、金属の網にのせて焼くオーブン・トースターも、フライパンでフレンチトーストを作るのも金気が強すぎるのではないか、開発者は相当以上に繊細な味覚を持っているということなんだろうねーということで、もう一つは、オーブン・トースターの、オーブン部分のタテの寸法である。

家で今使っている物は何年前に買いかえたのか正確には覚えていないのだが、それ以前に使っていたのが壊れた時以来二台目なのは覚えている。二十年以上前に壊れたオーブン・トースターは、タテの長さが十分にあったので、焼けたパンをヒョイと指先でつまんでお皿に移せばよかったのだが、あれは冷凍のピザが広まったせいなのだろうか、オーブン部分のタテ寸法が短くなって奥行きが深くなったのは？

物差しで測ってみると、食品をのせる金網から上部までが入り口のところで八センチ、ピザを焼くためなのか奥行きは深いのだが、食パンであれクロワッサンであれ、取り出そうとする時、ちょっと油断すると、指の関節や手の甲に熱くなった入り口の金属があたり、ヤケドとまではならないまでも、熱っ！　となるので、トングなり、フライ返しで食品を取り出さなければならないのである。

考えてみれば、格差社会とやらなのだから、値段の高いオーブン・トースター（高級家庭用品の通販雑誌に出ている）は、それだけのことがあってタテの寸法にもゆったりとした余裕があり、トーストを取り出すのに金属だの竹だののトングなんか必要がないのかもしれない。ナチュラル・チーズやオリーブ・オイルをかけたシラスをのせたトーストは、フライ返しで取り出す必要があるけれど……と私は考える。

「コロナ」と日本では呼びならわされているけれど、海外（こういう場合は欧米のこと）の知識人は正確にＣＯＶＩＤ・19と呼ぶと新聞に書いていた文化人・小説家がいたが、病気の原因であるウイルスが世界中に猛威をふるっている現在、「ウイルスは全世界に平等に降りかかり、階層も関係なく、命の危機にさらされる」などと、ウイルスの特性をもっともらしく語る知識人がいたが、知識人がそう語る同じ新聞に、その日は（別の日にはニューヨーク市の黒人とヒスパニックの）パリ郊外の移民が多く居住する地域での死亡率の高さを伝える記事が載っている。

トースターと「コロナ」を比べるのはピントがずれているようだが、つい、連想がこうなる。私たちは誰でもが買える価格の便利な製品と用途は同じなのに、はるかにグレードが高く値段も高い製品に囲まれて（百円ショップで売っているグラス類からバカラの数万円のグラス）生きているわけである。安物は材料をみみっちく使ってサイズを抑えているから使い勝手が良くないのだが、とりあえずパンやピザや、焼き色が上手くつかないグラタンは作れるので、ユニバーサル・デザインとして竹製のトングが必要となるわけだ。

しかし、もちろん本当の意味でのユニバーサル・デザインは、人の手で焼けたトーストを取り出しやすい高さを持つオーブン・トースターの工業デザインということだろうが、それは値段が高くなるので、つい姑息な工夫が必要になる。資本主義の世界では（というか日本では）、庶民的レベルの創意工夫がユニバーサル・デザインと呼ばれる傾向があるらしいのだ。

　ウイルス平等論で思い出した事はまだあって、戦後すぐに撮られた焼けあとを舞台にした斎藤寅次郎の喜劇で、焼け跡にドラム缶の急ごしらえのお風呂を作って子供と一緒に入った古川緑波《ロッパ》が、「社長さんでもボクらでもお風呂入るときゃ皆はだか」と歌うシーンである。バブル時だったか、それがはじけた後だったか、入浴剤のテレビ・コマーシャルに、吉本のお笑い芸人が歌って使われていたけれど、裸であるには違いないにしても、入るお風呂自体に大変な違いがあるし、敗戦当時の裸の身体そのものが、社長さんとボクらでは、栄養状態においてまるで異なっていただろう。

「ローラ」

命あっての……

「社長さんでもボクらでもお風呂入るときゃ皆はだか」という歌がバブル時代の入浴剤のＴＶコマーシャルで吉本の芸人によって歌われたと書いたのだったが、吉本と書いて思い出したのが、吉本ばななの父親の思想家、隆明である。

大量消費社会で大量に一定の均質さとそこそこの上質さで作られる製品について、たとえば金持ちでも、そうではない平均的な大衆でも、使うのはみな同じ、ティッシュだという例を挙げていたのを思い出したのだった。トイレの落とし紙から鼻をかむ紙、お茶席の懐紙から文字を書く紙まで、生活上で使用する紙の種類にはじまって、はっきりした階級制というか貧富の差があった時代を記憶している世代の者でないと、ティッシュの品質的平等性の喩《たと》えはわかりにくいかもしれない。これを思い出したのは、お風呂と裸の平等性を歌う歌のせいでもあったが、通販雑誌のお中元商品特集を開いたら「トイレット・ペーパー8個入り￥5500（税込）」という商品が眼に入ったからでもある。

商品説明にいわく、「触れてびっくりのしなやかさと柔らかさ！」の「最上級のおもてなし」をイメージしたペーパーで「自分では手が出せない贅沢だからギフトにぴったり！」だそうだ。トイレット・ペーパーにはちゃんと格差があるし、ティッシュ・ペーパーにも、セレヴな使い心地と称して高く売られているものがある。

さて、実は前回の続きとして、緑波が子供と一緒に焼け跡でドラム缶のお風呂に入って歌う「社長さんでもボクらでもお風呂入るときゃ皆はだか」という明朗な調子の歌には「お墓入るときゃ皆はだか」というかえ歌もあったそうだが、そもそもこの歌の歌詞には、なんとなくコトワザ的な、もっともらしい人生訓的な感じがあって、奥が深いのである。

奥が深いというより、わざわざ言われなくっても、あたりまえ、と思っていたのが、「命あってのものだね」というコトワザで、たとえば「逃げるが勝ち」とか「三十六計逃げるに如かず」というニュアンスの、危険には絶対近づかないという意味の庶民的知恵なのだと思っていた。

もっとも、そうした知恵が通用しない事態は歴史上にも、日常的にも、いくらでもあるわけだよ、と私は長いこと考えていたのだったが、ある日（かれこれ三十年程以前の）不意に、それは「命あっての物種」であったことに気がついたのである。

「物種」は国語辞典類には、むろん、草や木の種のことと書いてあるけれど、物のもとになる材料、というやや抽象的な広がりを持つ意味もある。

このコトワザを思い出したもう一つのわけは、、、、コロナ騒動下で大変な話題を呼んだSNS上の署名運動「＃検察庁法改正案に抗議します」運動の盛り上がりのかげで、ほとんど話題にならなかったが今国会に提出されていた種苗法改正法案である。

現在の種苗法では、様々な分野の企業が参入して開発し品種登録した種苗でも農家は自家増殖（翌年、同じ作物を作るために選別した良質の種を採種すること）が認められているのだが、改正法案が成立すると、それが出来なくなり、農家が種を採って使うためには、品種登録をした企業に、許諾料を払うことになる可能性がある。物種が著作権などの知的財産と同様の法的権利を持つようになると言えば、アグリカルチャー（農業）のカルチャー面に光があたったかのような印象を与えかねないが、この新しい法案は、地方の農家で長い間、細々と守られ続けて来た在来種の様々な野菜の種が、作っている人たちが限られているだけに、ことによったら大企業の農業研究所の所有物になってしまう可能性さえあるということで、アグリビジネスに

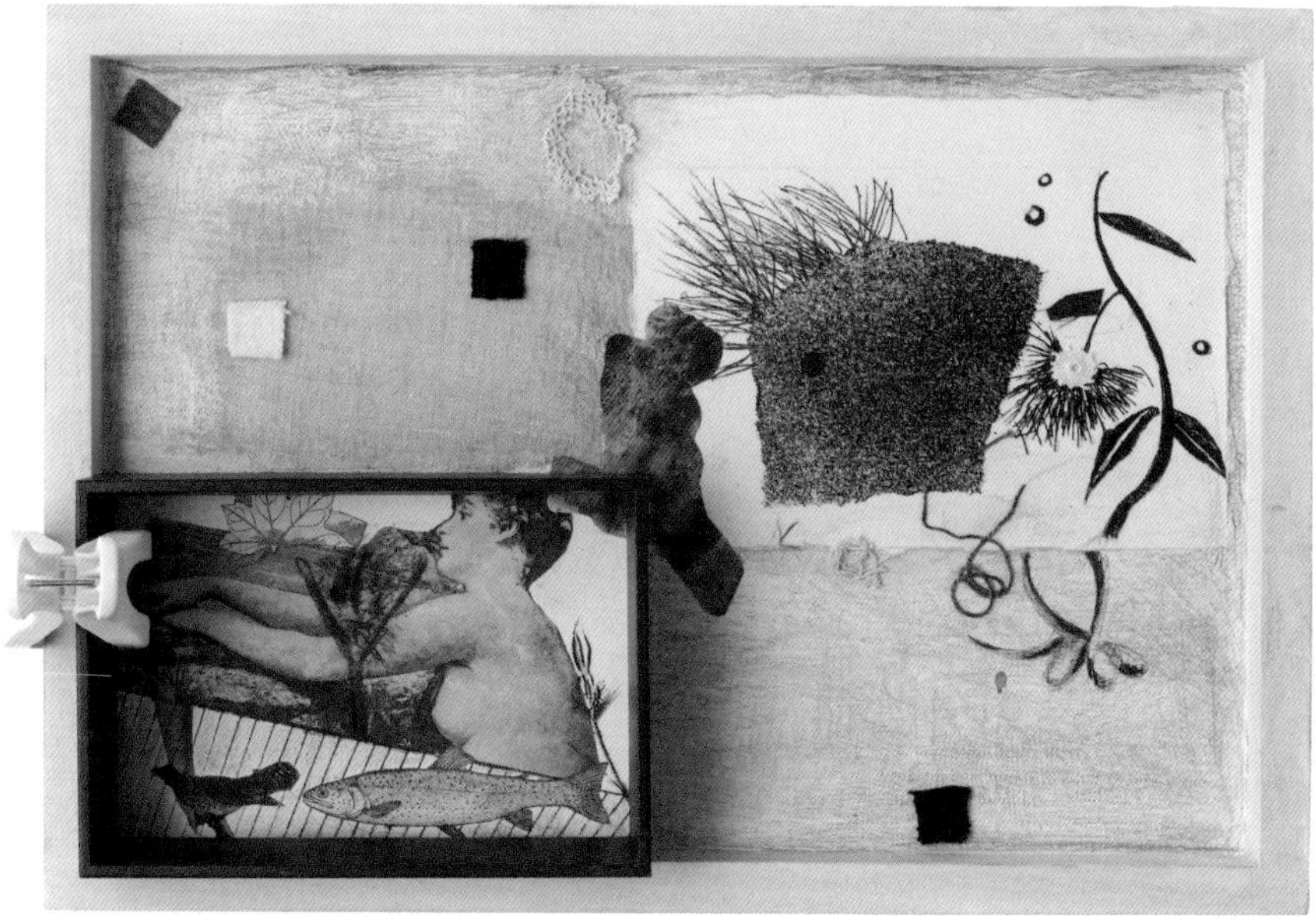

「命あっての……」

物種を売り渡すことになるのだ。法案の成立は見送られたものの、物種は今後はどうなることやらという状況だろう。

それで思い出したのが、ジョン・フォードの『タバコ・ロード』（'41）とジャン・ルノワールの『南部の人』（'45）の農民をあつかった二本の魅力的な力強い映画で、前者にはタバコの葉の種、後者には綿花の種の代金の借金が土地の使用料と共に農民一家に重くのしかかるのである。両方の作物とも種はアグリビジネスとして厳しく管理された商業主義の製品であり、前借りをした種子の代金には高い利子が収穫物から支払われることになる。同じフォードの『怒りの葡萄』（'40）は農民一家が、ほぼそのような仕組みの農業政策のせいで土地を失って季節労働者になる映画だった。

もちろん、この二本は内容の持つ重さのみを見るべき映画ではなく、『タバコ・ロード』は信じがたいほど、狂気じみた笑いを誘発する映画だし、『南部の人』の勇気ある農民の主婦役のベティ・フィールドがその後、どういう映画でどういう役を演じていたか（フォードの『荒野の女たち』（'65）の中年の妊婦！）や、『南部の人』の畑でお腹をすかせた祖母と孫が木イチゴを摘《つん》で食べる美しく楽しいシーンが、姿を

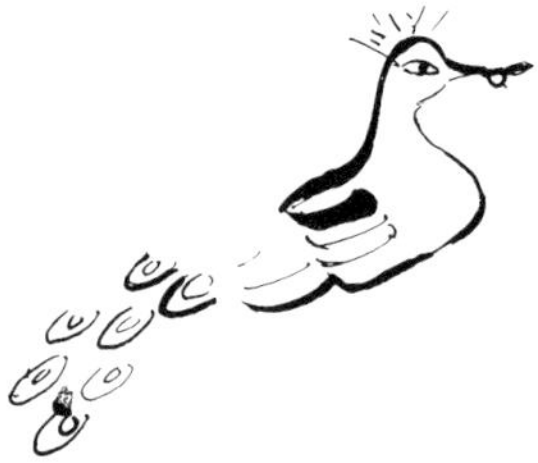

変えてエリック・ロメールの『緑の光線』（'86）に、ひそやかに引用されていることなどを、映画好きの一人として時代錯誤的に楽しむことも出来るのだ。

先月号に書いたトースターについても、思い出してみれば、H・ホークスの傑作喜劇の一本『教授と美女』（'41）のゲイリー・クーパーが所属する言語研究所は、トースターの発明で一財産を築いた人物の娘（昔風の差別的表現では不美人のオールド・ミスと呼ばれるタイプの）が資金を提供しているという設定だった。他の家電製品ではなく（たとえば、エアコンや扇風機、掃除機、洗濯機など）、なぜ、ささやかで小さな機械（しかし、便利な）であるトースターなのかと、つい考え込んでしまう。

家にいるとおきること

最近の大学生は、白雪姫やシンデレラのストーリーを作ったのはディズニー（少しばかりエンタメ制作に通じていると自負するタイプの学生は、ディズニー・プロ）である、と答えるらしい。最近の学生だけではなく、その祖父母の世代の私たちも、アリスやピノキオやピーター・パンとの初めての出あいは、原作の子供向きに書かれた本ではなく、ディズニーのマンガ映画（昔は、アニメーションとかカートゥーンなどとは言わず、こう呼んだものだ）だったけれど、本を読むのが好きな小学生だった姉と私は、それぞれの原作者が、キャロル、コッローディ、バリという名であることを知っていたし、白雪姫やヘンゼルとグレーテルはグリム兄弟、シンデレラはペローが集めた昔話ということも、本を読んで知っていた。なぜこんなことを思い出したかといえば、NHKの「グレーテルのかまど」という菓子作り番組のタイトルにかねがね違和感を持っていたからなのだ。

説明するまでもないほど、ヘンゼルとグレーテルの話は良く知られているはずだ

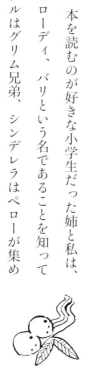

「箱の中の風景」

と思う。子供に食べ物を与えられなくなった貧しい両親に森に捨てられて、迷子になり老婆＝妖婆の作ったお菓子とパンの家にたどり着き、ヘンゼルは老婆＝妖婆の食料用として十分に太らせるために檻に入れられ、グレーテルは次の食料にするまで、召使いとして働かされる。賢いグレーテルの機転で、ヘンゼルをローストするために燃やされた「カマド」に、子供（の柔らかい肉）好きの目の不自由な老婆＝妖婆を押し込んで焼き殺し、二人は両親の元に無事逃げ帰る、という物語なのだが、あまり後味の良い話ではない。

ＮＨＫの番組は、外で働いているらしいねえちゃんのためにカマドの精（？）に教えられながらお菓子を作るカマトトぶって甘ったれたように少し開けてとがらせた唇（少し前まで、このての唇をアヒル唇《くち》と言ったらしい）が売りと思っているように見える若い男の俳優がいろいろな菓子を作る（好評で長いこと続いた番組のせいで、最近では若い男の俳優は頬がかなりふっくりしてきた）。

ヘンゼルとグレーテル（一九世紀末に、フンパーディンク作曲の子供向けオペラにもなっているが、チャイコフスキーのバレエ「くるみ割り人形」のように人気がないのは、カマドが二十世紀中頃におきたナチの絶滅収容所の死体焼却設備を連想させるせいだろう）といえば、子供なら誰もがあこがれる夢のようなお菓子の家で、グレーテルといえば、老婆殺しの少女ではなく、カマドの火加減の扱いの上手な家庭的な女の子、と、都合よく、NHKの菓子番組制作者は、何も考えないのと同じように考えたのだろう。

ところで、災害がおきるたびに思い出すのが、イギリスの昔話、「三匹の小豚」だ。「オオカミと七匹の子山羊」に、小さな無力の動物の知恵が、悪いオオカミに勝つという基本的な構造は似ているのだが、小豚の方は、勤勉な労働を嫌って、手抜き工事の小屋（一匹目はワラ、二匹目の豚は小枝で）を作るとどういう目にあうかという話でもある。ワラと小枝の小屋はオオカミがやってきて簡単に小屋を吹きとばして小豚を食べてしまう。ところが三匹目のしっかり者の小豚は、レンガで立派な頑丈な家を建てたので、オオカミには吹きとばせないし、しっかりと内側から鍵をかけてあるので戸口も窓からもどこからも入り込めず、サンタ・クロースよろしくエントツから侵入すると、小豚が暖炉で火をおこして大鍋にお湯を煮たたせておいたものだから、熱湯に落ちて煮えてしまい、小豚はそれを、いろいろに料理して食べてしまうのである。家も自分の身も無事であるどころか、大量のボイルしたオオカミの肉（おいしいかどうかは別として）までが手に入るのだ。

地道《じみち》な労働をいとわない働き者が成功するということの健全な教訓話は、もう、かなり以前のことだが損害保険会社のテレビ・コマーシャルに使われていて、いかにもごもっともという感じだった。自分や家族を守るのは自己責任であり、それをはたせばオオカミの肉という見返りもあるのだ。「三匹の小豚」は一九三〇年代のはじめにディズニーの教養主義的な「シリー・シンフォニー」シリーズの一本としてアニメ化されてもいる。その主題歌が「オオカミなんかこわくない」（F・チャーチル作曲）で、子供の頃、プロコフィエフの「ピーターと狼」のピーターの主題の旋律とこの歌がどこかでゴッチャになっていたのを思い出した。

『オックスフォード世界児童文学百科』（H・カーペンター、M・プリチャード、神宮輝夫監訳）には、「シリー・シンフォニー」の「三匹の小豚」を「映画ファンは、この映画に登場するオオカミを大恐慌の象徴としてとらえた。さらに、その主題歌はアメリカ国民を勇気づけるものとなった」と書いてあるのだが、これではいかになんでも、子供っぽい見方すぎて、あの歴史的な大恐慌を軽く見すぎではないかと思う。とは言え、子供向けのマンガ映画（ディズニーの野心作ではあるが）の中にさえ、経済恐慌は比喩としてオオカミの姿をかりて登場するなどあたりまえの現実だったわけだ。オオカミが恐くないと言えるのは、小豚たち（もちろん国民のこと）が、勤勉で自分を守る術を身につけ、敵には知恵と勇気をもって立ち向かい戦えば、という過大な責任を押しつけられたうえでなのだが、資本主義《オオカミ》は近年では住宅のサブプライム・ローンなどという汚いやり口を使って結果的に経済恐慌をひきおこす。

実は、こういうことを書くのではなく、以前通っていた体操教室での経験を書くつもりだったのだ。一連の年配向きの筋肉強化運動やストレッチをして最後のクールダウンの時に、短時間瞑想をする。その時、体操を指導している若い女性に、それぞれ御自分にとって一番心地良い場所を思い描いて、眼をつぶってその場所にいるつもりで、ゆっくりと呼吸をして、リラックスして、と暗示をかけられて（？）私がいつも思い浮かべる空間について、書くつもりだったのだが――。

心地よい場所

リラックスしてゆっくり呼吸をしながら思い浮かべる「自分にとって一番心地良い場所」について書く前に、思い出したことを少し書いておきたい。

先月号に「グレーテルのかまど」というNHKの菓子作り番組のタイトルに違和感があることを書いたのだったが、それ以上に意味不明なのが、野生動物のドキュメンタリー物のタイトル（かなり長く続いているらしいから、NHKの看板番組の一つなのかもしれない）「ダーウィンが来た！」である。

「グレーテルのかまど」も、知的常識からすると相当にメチャクチャな（近頃ではメッチャと略して、凄く凄いという同義反復的強調といった感じで使われるらしい）タイトルだが、「ダーウィンが来た！」というのも、これを上回って訳がわからないではないか。ただの世界各地の野生動物のドキュメントに、なぜ「ダーウィンが来た！」という意味不明のタイトルが付けられるのか。かつて、ガラパゴス諸島の生物たちがそう言っていた、というのならともかく、単に、「このタイトル、なんとなく感じじゃね？」とＮＨＫのディレクターが言い出して、グレーテルという名と同じように選ばれたのだろう。「野生生物といえば、ダーウィンじゃね？」むろん、教養番組を作っている意識を持って、である。

それはそれとして、区立の体育館の中高年向き健康体操教室の「肩凝り腰痛予防体操」クラスに通い、体を動かすのにもそこそこ慣れた頃、「ピラティス教室」にクラスを変更したのだったが、「肩凝り腰痛」クラスの同窓生（の同世代のおばさんやおばあさん、時に間違って三十代くらいの男性がクラスに入ってくることがあるが、居心地がいいはずもなく、むっつりと誰とも口をきかないまま、二、三回来てやめてしまう）の中には、ヨガやフラダンス、ベリーダンス（エロじゃない方の、と習っている女性たちの言う）、水泳のクラスに移る人もいたけれど、「ピラティス教室」は基本的に「肩凝り腰痛」とほぼ同じで、前記の腰振り系ダンスクラスにはありそうな体を動かす楽しみとは、ほぼ無縁の、ヘルシー志向と言えば聞こえはいいけれど、いろいろ痛むしギシギシする体がとにかくスムースに動くようになれば、もうもう御の字、という年配の女性（むろん、私もその一人）たちが多いのだった。

「心地よい場所」

ヨガマットの上に横になっての二十回の腹筋運動は、たいていの人が苦手で、誰もが息が荒くなるのだが、三十代か四十代の筋肉質の女性トレーナーは、いつも二十回目に、大好きな韓国ドラマの俳優さんが優しく笑って腕をさし伸ばしてますよ、さあ、皆さん、彼の腕に飛び込みましょう、と言うので、笑わせないで、お腹に力が入らなくなる、と言う人もいたけれど、高齢の女の人で健康のことを考えて体操、というタイプは根が生真面目な人が多いから、本気であこがれの男性スターを思い浮かべるらしく、シーンとしたウットリ状態が、短い間だけれど広がるのであった。

腕に飛び込みたいと思うあこがれの男の俳優は思いつかないが、クールダウンの時に思いうかべる一番気持ちのよい状態はすぐに思いつく、一つである。山の湖だの、ハワイの海岸だの、森の泉だのではなく、自分の部屋（仕事場と寝室に使っているので、グルリと本箱に囲まれているから、防災的にはすこぶる最悪である）のフトンに横になって、何度も読みかえしている好きな本の好きな部分をまた読みかえしながらそのまま眠りにつく寸前で、胸の上かお腹の上には、飼い猫のトラー（もうとっくに死んでいるのだが）の寝息（トラーはノドをゴロゴロいわせない不思議な猫なのだった）がかすかに聞こえ、充分に満足しきっていて、今日以前のことも明日以後のことも念頭に浮かびもしない、この、今の充実だけ、という至福の状態である。

　そういう状態が現実にあるとは思えないからこそ思い浮かべるわけだが、同じ体操教室の別のクラス（トレーナーは同じ）に通っていた姉は、一番気持ちのよい状態を、トラーを描いた自分の絵の中にいるという状態なのだと言う。絵を描いている状態ではないから、ここに少し手を入れようとか、あのあたりに、などと思ったりすることもなく、すでにそこにある絵を眺めているのでもなく、絵の中にトラーといる（とは言え、そこに自画像が描かれているわけではない）という状態なのだと言う。絵の中にいる――。気持ち良さそうである。

　と言うわけで、姉も私もそこにトラーがいるという点で共通のイメージを持っているとは言えそうだ。

　それが何なのか説明する気にはなれないのだが、たとえば、昨日久しぶりに行きつけの美容室に行って、カットとシャンプーをしてもらいながら考えたことがある。予約制なので客は私一人であとはかれこれ、十七、八年なじみの美容師がいるだけで、コロナ対策であれこれの予防措置をとり、窓を二方に開いて、美容師はマスク

をしているが、客である私はマスクを外し、お互いにお喋りをしない。話し好きの美容師は喋らないと手の動きが速くなって、コロナ以前よりシャンプーとマッサージも念入りで気持ちよく、有線放送のバッハも心地よく眠気を誘い、会話がないだけに目を閉じると、夢の中に漂っているような錯覚におちいる。聞き慣れた楽しいお喋りが周囲からなくなるだけで、美容室は別世界になるのである。

また、体操教室に行くことがあって、クールダウンをすることになったら、ペパーミントの香りのシャンプーとトリートメント剤で念入りにマッサージをしてもらいながら、シャンプー用のゆったりした椅子に横たわっている感覚——静かな音楽と沈黙と微かな天然香料のにおい——を思い浮かべてもいいかもしれない。

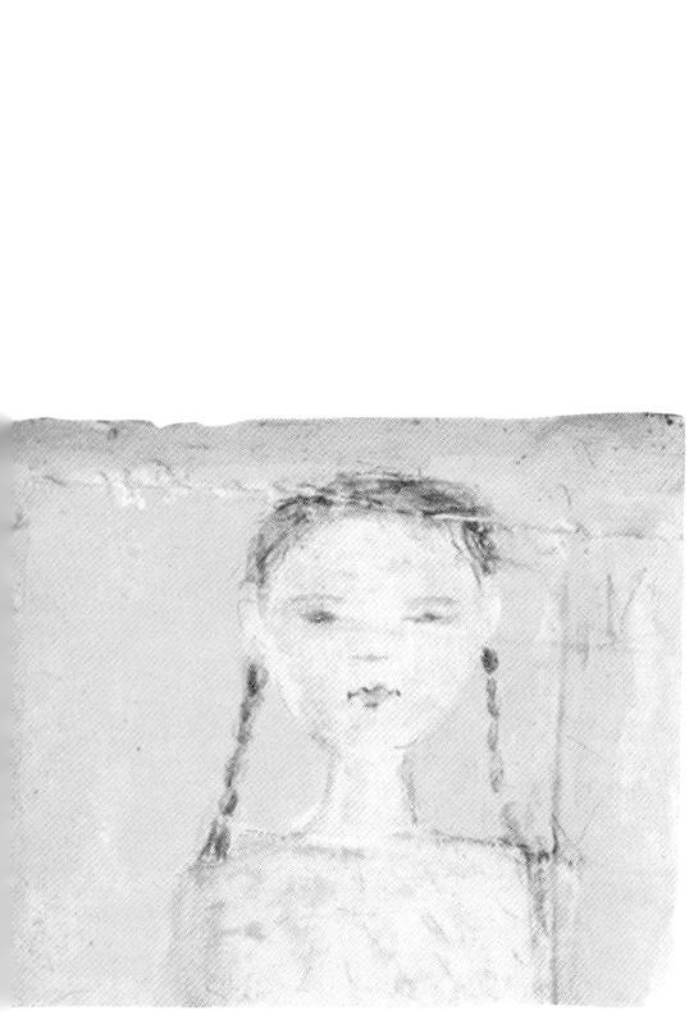

スイート・コーンとトウキビ

子供の時分の夏の間、近くの商店街の通りの両側に夜店の屋台がずらりと並んだ物だった。八間通りという名称だったが、一間は約一・八二メートルで、とてもそれだけの道幅があるとは思えないものの、道の両側に様々な屋台がにぎやかに並び、道の真ん中を市の近郊からやって来る人たちを含めて多勢の大人や子供が、夏の夜らしく浴衣を着たりして夕涼みがてら、そぞろ歩くのだから、道幅は八間はともかく、狭くはなかったのだろう。

夜店には様々な商品の色彩（わたあめのピンク、べっこうの黄金色やキャラメル色、ヨーヨーすくいの水に浮かぶゴム風船のあざやかな原色、金魚すくいの赤、赤と白まだら、黒の小さな金魚たち、ガラスのコップに入った様々な色の紙の花びらが水の中でゆらめく水中花）が誘惑的にきらきらと輝き、屋台で売っているいろいろな食べもののにおいも刺激的なのだった。

なかでも、トウモロコシを炭火の入った七輪に載せたもち焼き網の上で焼いてし

ょう油を刷毛でぬって、さらにもう一度焼く香ばしいにおいが食欲をそそるのだが、にもかかわらず、どう考えても、私はトウモロコシの味が好きではないのだった。噛みついて食べると、指や口のまわりがこげたしょう油でベタベタ汚れるのがうっとおしくもある。

後年、トウモロコシと呼ばれるより、スイート・コーンと呼んだほうがふさわしい品種が出まわって、缶詰や冷凍のミックス・ベジタブル、コーン・クリーム・スープなどに姿を変えても、ポップ・コーンやコーンフレークスになっても、一つぴんとこない味だった。

私たちより一まわり程上の世代の人たちは、青春の西洋料理の味として、コーン・クリーム・スープとカツ・サンド（カツライスより、ぐっとモダンなのだそうだ）を特別あつかいしたりするのだが、カツ・サンドも、どうもあまり好きではない。

あれは、もう四十年ほど以前だろうか、仕事と遊びをかねて若い女性編集者、姉と私の三人で岩手を旅行したことがある。あれこれと回って三泊くらいしたのだろうか。どこの旅館でも夕食に名物の焼きウニ（小さなアワビだかトコブシの殻にウニを詰めて焼いたものでパサパサして、お菓子のような食感である）が御馳走として供され、この味には名物に文句をつけたくはないが、言っちゃあ悪いけれど、三人とも興醒めで、二日目からは箸をつけずに残したものである。それに関東風のソバに慣れた口には、なんとも柔らかすぎるうえにあの押しつけがましく、次々とソバがお椀に投げこまれるという恐怖としか言えないワンコソバと、食べ物にはめぐまれない旅だったのだが、お昼を食べた花巻のなんでもない小さな食堂で注文したカツドンにつけ物と一緒に出されたみそ汁の具の菜っ葉の肉厚なサクサクした歯ごたえが、とてもおいしくて、これは何という菜っ葉なのかと食堂のおかみさんに聞いた時の、三人の若い女を異物を見るように無気味そうに見つめて、自分は間違っているわけがない、という強い調子をこめて発せられた「ホーレン草だけど」という答えは忘れられない。あのホーレン草は品種が違うし、とれたてで、私たちが東京で食べるものとはまったく別物だったのだ。

　ホーレン草と同じように日頃食べていたものとのあまりの違いにびっくりしたのが、同じ花巻の町で食べたトウモロコシである。タクシーで、かなりの距離を移動することになったのだが、運転手は、社会通念としてよく言われる、〈東北人は寡黙〉というイメージそのままの大柄なおじさんで、運転中に物もいわずに、小さな、

「花園」

何の商売なのかわからない店の前に車をとめ、車内で顔を見合わせてとまどっている三人のところへ戻ってきて、窓から白いレジ袋に入ったあたたかい蒸しトウモロコシを、よかったらおやつに、と言い、自分は店の前にしゃがんで食べはじめたのだった。

薄いクリーム色と黄色のつやつやした大きな粒がまだらになっていて、スイート・コーンのように粒の一つずつの皮はかたいのに、水分が多いものだからベチャベチャしていて、芯に粒の皮が残ることもなく、中味がモチモチした食感の粒の一つ一つが歯で噛むと気持ちよく芯から離れるから、食べ残しの芯も、すっきりと美しい棒状になり、私たちは運転席に戻ってきた運転手に、このトウモロコシは東北の品種なのかと聞くと、答えていわく、こっちではモチキビと言う、さっきの店の前にカマで蒸したのが売っていたけれど、近ごろでは珍しくなっていて、なつかしいので買った、ということをポツポツ、いやトツトツと語るのだった。モチキビは岩手でも、すでに珍しい品種になっていたわけである。

それから四十年以上がすぎているのだから、モチキビもホーレン草も、同じ花巻の中心部のお菓子屋で買って、とても気に入った味の明烏(註1)というお菓子と淡雪かんを干菓子にしてアラレに見立てたお菓子についても、いくらでも調べる時間はあったはずだし、お取り寄せだって、今や簡単だろう。

それなのに、調べもしないで、あれは本当においしかったと年に一回程度、姉と言いあうのは、なぜか？

理由は様々なのだけれど、半世紀近くもすぎると、私としては、食べることより、あれこれと情景や味を思い出すことの方が楽しいからかもしれないという気がする。あるいは、もう一度食べてみて、記憶の中で繰りかえし味わっていたのとは違う味だったら……という不安だろうか――。

註1　お菓子好きの校正者が調べてくれたところによると遠野市のまつだ松林堂の岩手の銘菓「明がらす」が、私の幻の味のようである。

猫たちは記憶の中を生きる

内猫、外猫、という言葉を初めて耳にしたのは、もう三十年以上前になるだろうか。これに準じて、内飼い、外飼いという言葉もあって、猫を飼いはじめた頃、お宅の猫ちゃんは、内猫？　外猫？　とか、内飼い？　それとも外飼い？　と聞かれ、意味がわからずにキョトンとしたものだった。

うち猫って、家《いえ》猫のこと？　山猫なんか飼ってるわけないだろ、と思ったものだったが、説明をきいてみると、外に出さず家の中だけで飼っているのが内猫または内飼いで、外に自由に出させて飼っているのを外飼いと言うこともあるけれど、野良猫というか、近頃は地域猫とも呼ぶ猫を家の中に入れずに、庭や軒下に毛布を入れたダンボールを用意してやり、去勢手術や避妊手術をして俗にカリカリと呼ばれる固形のエサなどを与えている場合も外飼いと言うらしいのだ。

外飼いの猫は野良猫出身なので、用意してやったダンボールの寝場所を利用して与えたエサも食べるのだけれど、家の中には入ってこないし、抱かれたり撫でられ

「猫たち１」

「猫たち２」

たりするのも、当然好まない。

それでも、外飼い猫の飼い主というか面倒を見ている人たちは、ダンボールの寝床に夏は古くなったシーツやタオル、冬はフリースの端切れを敷いて使い捨てカイロを入れてやり、敷き布が猫の抜け毛と混じったゴミやら砂で汚れたら、取りかえたりもするのである。

そういった飼われ方をしている顔なじみの猫のシロちゃんは、今では二十歳はこえているはずである。散歩の途中によく見かけるほっそりとした体形の白猫で、もう十年くらい前から、いつの間にか、おばあちゃん猫になったねえ、と姉と言いあっていたのだが、姿は見えなくても、面倒を見ている家の駐車スペースというか軒先に、飲み水の入っているガラスの大きな灰皿と、シロちゃんの毛と耳の色にあわせた白とピンクのモコモコしたペット用ハウス（外に置いてあるので、少し薄汚れた）が置いてあるのを見ると、元気にしているということがわかって、安心するのである。姉と私は、トラーの晩年、シロちゃんと家のトラーのどっちが早いかなあ、と口には出さないものの思っていたものだった。結果はトラーで、それから七、八年たった頃には、ボロになったハウスに代わって小さな桃色のフリースのクッションと相かわらずのガラスの水飲み用灰皿が置いてあるのを確かめて、シロちゃんの達者ぶりを推測していたのだが、その頃、何年かぶりに熊谷守一美術館に散歩を兼ねて出かけた時、久しぶりにシロちゃんがおなじみの軒下のオートバイ（飼い主のバイクなのだろう）の上で寝ているのを見て、ゴツゴツした体つきの守一の描く白猫から若さをなくして肉がそげて骨が浮きあがるような体つきになっているのには、無理もないことなのだけれど、驚いたのだった。これがシロちゃんの見おさめかも、と私たちは口には出さなかったが、内心、それぞれに思ったのである。

　ところが、つい何日か前、いつもオートバイの置いてあった場所にシロちゃんが体を丸めぎみに寝そべっているのを見たのである。さらに年をとって、最晩年の、肉が落ちて、かつては日の光を浴びて毛先までがキラキラと輝いて、体全体がなめらかで艶々した、全身に毛の生えた生きもののオーラを失ってはいたものの、残された短い生命の一刻一刻を生きている動物特有の、いわば、崇高さを孤独に発していて、私たちは、こちらの気持――長い時間の中のごく一部を、顔見知り同士として共有したものへの別れのあいさつ――がウツラウツラと眠りかけているシロちゃんに通じたような気がした。

一瞬一瞬の現在《いま》を生きる動物である猫と、人間の記憶はまったく別のシステムを持っているに違いないのだが、撫でる側の人間の手のひらと撫でられる側のしなやかな猫の身体の表面とは、それぞれの個体を通りこして共通の触感の記憶を持っているに違いないと思う。

トラーが黒トラ柄だったせいもあって、どうしても同じ柄の猫に気持がかたむきがちだけれど、白い猫の魅力というのは、見ための シンプルな美しさ——血の色が透けてピンク色に見えるウサギのような耳とピンク色の湿った小さな鼻、片眼がブルーでもう一つが緑色の場合もあるが、ほとんどの場合緑色の二つの眼——に独特なものがあるせいだろう。ウサギにも、それから伝説的な白狐《びゃっこ》にも、似ているではないか、と思ったりしていたのだったが、シロちゃんは実は猫ではなく、化猫だったのか、というテンマツは次回で——。

シロかクロか、どちらにしてもトラ柄ではない

ハロウィンの季節になると、グッズになって登場する魔女のお使い動物は黒猫なのだけれど、私たちが小学校二、三年生頃の夏休みに見ることになっていた化猫映画の猫はどんな猫だったのか。化猫とも言ったが怪猫という呼び方もあって、こちらの方が、なんとなく高級そうな気がしたものだ。考えてみれば、毎年の夏に見たといっても、姉も私も四年生くらいの時には、そういった子供っぽい映画を馬鹿にして見なくなったから、二年程の間にほんの四本か六本を現役小学生として東映と大映映画で見たのだが、モノクロだった映画の中に登場したはずの猫が何色だったのか、とんと記憶が抜け落ちている。常識的に考えて、怪猫はおそらくは黒ではなかっただろうか。黒トラとかシロに黒のブチではよもやあるまい。

しかし、化猫や怪猫は、障子越しのシルエットで行灯《あんどん》の燈油（菜種油）を舐め、大名屋敷の奥女中や奥方に乗りうつり、池のコイを捕まえて口に咥え、ピョンと天井の角に飛びのったりするのである。大名屋敷の奥女中や奥方というと、どうして

もオツにすまして何喰わぬ顔の毛並みのきれいな白猫というイメージだけれど、洋の東西を問わず、不吉な印象を与えるのは黒猫だろう。夜中のくらい街角でヒョイと飛び出して来て、眼だけが光っている黒猫を不気味だという人もいるし、第一、ポーの『黒猫』も黒猫だからこその怖さで、白猫でも黒トラ赤トラ、まして三毛や白黒のブチときたら招き猫にこそなれ、怪談には不向きというものだ。

　ところで、英語には、猫は九つの命を持つ、というコトワザがあって、これは猫が長生きをする動物だということより、ああ見えて、死ぬような目にあってもしぶとく生き抜く、いけすかないところのある怖い奴、ということらしいのだが、この九つという数字が、子供の頃、年経た神通力を持つ白狐は尾っぽが九本に分かれているという伝説とごっちゃになって、化物の白狐と化物の白猫の区別が曖昧になっていたところに加えて、おはなしとして聴いたことのある信太妻の伝説と混ざりあった、『義経千本桜』の狐忠信の初音の鼓である。鼓の皮になった母狐をしたって静御前に近づく狐忠信の物語をパロディにした落語に「猫忠信」があり、これは三味線の皮になった母猫を恋したって人間に化けて三味線の師匠の家にやって来る猫のはなしで、もちろん、猫忠信は白猫だと思う。なぜなら、私たちの飼っていた黒トラ柄のトラーの、ケガの手当てのために毛をそり落としてむき出しになった地肌にはうっすらと紫色がかった灰色のシマがあって、三味線に張ると、シマ入りの三味線になってしまう。どう見ても白猫がきれいな三味線になるということだろう。

さて、猫は九つの命を持つというコトワザだが、もう、三、四十年も昔、あれはどこの国の港からどこの国の港へ船で運ばれる輸出用の自動車なのか、港に到着した一台の車に一匹の黒猫が入っていた、というニュースをテレビで見た記憶がある。船がいくつかの港で自動車を降ろしながら、三十日程をかけて海上を進み終着港で最後の船荷の自動車を降ろした時、後部座席で眼を光らせてうずくまっていた痩せた黒猫が発見されたと言うのだった。本来はぴったり閉められているはずの車の窓が少し開いていたのなら、猫は船にはつき物のネズミを狩って、わが世の春だったかもしれないが、車の窓は閉まっていたそうで、化猫的な猫の場合は、三十日は飲まず喰わずで生きられるらしいのだ。まさに、九つの命を持っているというコトワザにふさわしいではないか。

トラーがお腹がすいているわけでもないのに好物のエビをねだってニャアニャアうるさく鳴いた時など私は、猫って三十日は飲まず喰わずで生きていけるんだってさ、と言ってやったものだ。

　ところで、シロちゃんが実は化猫ではないのかという前回の続きはどうなったのかと言うと、もう次に姿を見ることはないだろうと思いながら、さすがに痩せて小さくしぼんだようなシロちゃんと眼をあわせて、わざと軽い調子で、バイバイと言って別れてから、二ヶ月、買物を兼ねた散歩でシロちゃんの「家」の前を通ると、いくら涼しくなって早ばやと冬毛が生えたとはいえ、なんと、この間より太って元気そうなシロちゃんが、いつものオートバイの上に丸くなっていて、気配に気づいたらしく、顔を持ち上げるようにしてこちらを見上げるのだった。

　この十年のあいだに、シロちゃんのこれが見おさめだと少なくとも九回は思ったのだ。今度、またシロちゃんを見ることがあったら、それは確実に十回目になるのではないだろうか。それとも、猫の命は、やはり九つに決まっているのだろうか。

黒トラ猫の冒険

ある種の、狐は九本の尾を持つし、猫は九つの命を持つのだが、それ以上に、猫を知る多くの人たちが実感しているのが、猫は複数の家を持つということだろう。

私たちのトラーも、別宅を持つという程ではなかったが、近所の家の廊下と座敷を日常の散歩の通り道に決めていた。知らない猫がわがもの顔に家の中を歩いて庭におりて塀に飛びあがって道におりるのを見て、びっくりしたとはいえ、あまりに堂々というか、あたりまえのことのようにふるまっているので、感心して気を呑まれてしまった、と後になってその家の奥さんに聞いたことがある。夏ともなると庭のお茶室用の小さな井戸の竹製の蓋の上で、涼みながら昼寝をしていたそうだ。

知人は、マンションの一階の庭にやって来て、なれなれしくミルクを飲んだりニボシを食べるばかりか、部屋に上がって泊まって行くこともあった黒トラ（メス）の人なれした様子から、これはどこかの飼猫だろうと考え、首輪を買ってやり、そこに小さな紙——割り箸の袋くらい——の手紙を巻いて送り出したところ、案の定、飼い主からの返事を首輪につけて現われ、お世話してくださって有難う、二度目の出産で生まれた、もらわれずに一匹残った娘とのおりあいが悪く、フラリと家出しては二、三日して戻ってきては、また出て行くことなどが書かれていて、事情がわかった、と話してくれたのだった。

ところが、それだけで話はすまなくて第三の手紙が登場する。それぞれの家でそれぞれの名前で呼ばれていた黒トラが、本来の飼い主の書いた手紙をつけているのを見つけて、この猫《こ》は自分の家以外に二つの家を行き来していることに気がついた人物が、私の家にもこの猫《こ》はやって来て、フラリと出ていきます、という手紙を首輪に巻き、猫に何かあった場合にそなえて、おたがいの電話番号などは知らせても、猫を通してのつきあいだけの猫の首輪郵便《ポスト》のネット・ワークが出来あがったそうだ。割り箸の袋大の紙に書かれた手紙によるつきあいである。

次に紹介する猫は、いわば三度の命を生きた例と言えるかもしれない。編集者のKさんからのまた聞きである。目白から新橋行きのバスが走っていた頃だから、もうかなり昔のことなのだが、目白に住んで、頭の良い黒トラ猫を飼っていたデザイナー（もしくは編集者だったかも）は、ある日、猫が戻ってこなくなり（よくあることだ）、嘆きながらも日々はあっという間に忙しくすぎて、二、三年たったある日、彼は知人と四谷のすし屋に入った。

その店には黒トラの猫がいて、なかには、なま物をあつかって客に食べさせる店に、毛だらけで魚好きの動物がわがもの顔でいるのは論外だと思う人もいるだろうけれど（そのほうが多いかもしれない）、そのすし屋はそういうことは気にしないというタイプの客が多かったわけである。

店の黒トラ猫は人なつっこい性格で、カウンターに座ったデザイナー（もしくは編集者）の足に頭をこすりつけ、尾をからみつかせるようにして、ニャアと鳴き、もともと猫好きの人物だから、やあ、いい子だねえ、毛並みがつやつやだね、などと声をかけて、おしぼりで手を拭いたばかりなのに猫の頭と背中をなでているうちに、電撃的なショックとして、はっ、と気づく。

これは自分の猫だ！　そっくりの猫ではなく、自分の猫そのものだ。

カウンターですしを握る準備をしている主人にそう告げると、当然のことながら、冗談を言っているのか、そうでなければ頭がヘンな奴扱いされ、猫のことでイチャモンをつけるのなら出て行ってくれ、とその場が険悪になったのだが、「幸いなこ

「黒トラ猫の冒険」

とに」とこの話しをしてくれた編集者のKさんは語るのだった。その黒トラ猫には、飼ったことのある者でなければわからないあるはっきりとした特徴が毛並みにあって、このすし屋に初めて入った客のデザイナー（か、もしくは編集者）が、告げたその特徴が動かぬ証拠となり、本当の飼い主と認められて、猫は彼のところに戻ることになったのだった。

猫はどうやって目白から四谷に移動したか？　飼い主の推測は路線バスである。外を出歩くのが好きな猫で、自分の家の前の通りにくらべて人通りの多い目白通りにも、しょっちゅう出かけていたし、物おじしない性格だから、バス停に停車したバスに持ち前の好奇心でヒョイと乗り込み、バスに猫が乗ってる、という乗客の驚く声にも動じず、バス旅行にあきてたまたまおりたのが四谷三丁目で、お腹がへったなあ、と思っているところに、すし種のエビを煮ているにおいやアナゴを焼く刺激的で甘美なにおいが漂ってきて、そのまま自分の鼻が命ずるまま歩き、たどりついたのがすし屋だった、という筋書。

猫にしてみれば、すし屋に住みついて、招き猫のように可愛がられ食生活にも恵まれ、幸福だったかもしれないが、前の飼い主との決定的なめぐりあいは宿命としかいいようのないものだったにちがいない。前の飼い主との前半の生活、バス移動の冒険を含むすし屋での快楽的生活、前の飼い主との奇蹟の再会とそれ以後の生活、と考えてみれば、この黒トラ猫は三回の命（充実しきった）を生きたように思えるではないか。

迷信について

アメリカでは、現在でも進化論を公教育の場で教えることが禁じられている保守的な州がある。ところで、『丹下左膳』の作者として有名な、と書きかけて、ほとんどの読者が聞いたこともない名前かもしれないことに気がついた。片目の大きなトラ猫の登場する片山健の絵本『タンゲくん』の名はここから付けられたのだと書けば、そうか、とうなずく読者もいるかもしれないがそれはさておき、片眼で片腕の妖剣士丹下左膳の作者林不忘は、一九二五（大正十四）年、アメリカはテネシー州の「反進化論法」に違犯した学校教師を訴えた州の裁判についてのドキュメンタリー風の読物を書いている。「白日の幽霊」（一九三一年）というタイトルからして、ダーウィンの進化論を否定するという反科学的な行為が宗教的迷信というか盲信であり、まるで真っ昼間に突然出現した幽霊のように間が抜けておかしくはあるけれど、それだけに不気味でもあると考えている作者の立場が如実に示されているわけである。

大正十四年といえば、日本は明治維新で近代化して五十七年、去年（二〇二〇年）の大流行だった漫画『鬼滅の刃』は大正時代が舞台になっている鬼退治の話なのだそうで（もちろん、読んでいない）、その観点からすればアメリカに反進化論という白日の幽霊がいたって、なんてこともないだろうが、牧逸馬（林不忘の別名）の軽妙洒脱で皮肉のきいた文章を読んでいると、旧世界のアメリカに対する田舎者あつかいが、まるで当時の日本には、進化論を認めない田舎者など存在しない近代的科学国家のようなのが、奇妙なギャップを生み出している。「白日の幽霊」は当時のインテリ雑誌（現在は違うが）「中央公論」に掲載されたもので、インテリ読者たちは、ある意味で欧米コンプレックスが癒やされるさわやかな才気を牧逸馬の文章に感じていたのだろう。しかし、当時の日本でチャールズ・ダーウィンの進化論がどのくらい読まれて理解されていたかといえば、相当心もとないことだろう。なにしろ現在だって、NHKの番組の野生動物紹介ものに「ダーウィンが来た！」という訳のわからないタイトルが付いているくらいなのだ。

今時の大学生のかなりの数の者たちが「シンデレラ」や「白雪姫」の作者をウォルト・ディズニーだと思っているし、死後の世界があると信じている割合が50%以上で、その理由はといえば、無いということが証明されていないから、というブル・シット理屈というか糞のような理屈が持ちだされるのだから笑ってはいられない。「本」を読まないせいで、事実とフィクションの区別がつけられなくなっているのか、と思っていたやさき、新聞の小さな記事を読んで、あっ、と驚いたのだった。

インド（か、周辺のヒンズー教国）のアーユルヴェーダの医師が、アラジンの魔法のランプを本物と信じて高額（といっても、本物にしては常識的に考えて安すぎる）で買うというサギにあったという記事で、切り抜いておいたのに見つからない。アーユルヴェーダといえば、「天然生活」ではおなじみな感じの、ヨガと並ぶ冷えとり健康法というイメージもあるし、家にもいただき物のアーユルヴェーダ処方のハーブ・ティー（もちろん、お茶の木の葉っぱから作る紅茶や緑茶やウーロン茶に比べると、おいしくはない）があるくらいで、今や日本でもよく知られたインドの伝統的医学なのであり、でなければ、珍妙な〝アラジンのランプ〟サギ事件が、たとえ小さな扱いであれ記事になることもなかっただろう。

そして、アラジンといえば、本来ならば「アラビアン・ナイト」ではあるけれど、思い出すのはイギリスのアラジン社の〝ブルーフレーム〟と呼ばれていた石油ストーヴで、これは四、五十年前までの日本では画期的な暖房用ストーヴだったのだ。なにしろ、姉は、半世紀前、髙島屋の英国展の会場兼売場に出品されていた石油ストーヴ〝ブルーフレーム〟を川端康成が（あの有名な鋭い眼付きで）じっと見つめているのを見たことがあるくらいで、川端がそれを買ったかどうかはわからないが（彼はガス・ストーヴで自殺をしたはずだ）、なにしろイギリスの新鮮な暖房器具だったのである。明治時代、日本を訪れたピエール・ロチは紀行文の中に、日本の住宅は「寒さに対して不真面目だ」と書いているが、戦後の、ついこないだだって同じだったのである。

しかし、現在では、アラジンといえば石油ストーヴと同じグレーの、なんとなく軍隊的な色彩の質実イメージのトースターかもしれない。この連載にトースターについてのグチを書いたら、御近所の桜井さんから、アラジン社のトースターがおすすめです、と教えていただいたことも思い出したのだった。今さらのようにアラジンという社名はアラビアン・ナイト（アラビアといえば石油《オイル》でもある）から取ったのかと思いあたったのが、このサギ事件である。

「ボックス1」

魔法のランプをアーユルヴェーダの医者に売りつけたサギ師は、ランプを入手したら三ヶ月はそのままにしておいたのち、改めて願い事をするのでなければ、ランプの魔人の効力はきかない、と被害者に言っていたそうで、巧妙な嘘というよりは、戦後の子供向けの洗練度が幼稚すぎる漫画の悪役の手口という印象で、ようするに子供だましである。

子供時分の夏休みに見た化猫映画について先々月号に書いたが、同じ頃、狸御殿物映画という戦前から各種撮られていたジャンルもあって、大映では市川雷蔵や若尾文子、新東宝では小畑やすしと松島トモ子の子役スター・コンビの豆狸シリーズ『たん子たん吉珍道中』があった。戦後の昭和二十年代には、狐や狸やムジナが人をだますということを信じるという者が、かなりのパーセンテージでいたという。まだ田畑が市街地のすぐ近くに広がっていて、町中でも、ニワトリはおろか、豚や山羊だって飼われていた時代で、東京も練馬の農地が住宅地として開発されて高く売れ、なんだか、狐狸《こり》にだまされているような土地成金農家の成金趣味が、やっかみ混じりでコッケイ視された時代だったし、落語の「王子の狐」だって、地続きといえばいいえるし、お稲荷さんの小さな社《やしろ》はそこいらじゅうにあり（今でも目白の公園には野生の狸が住んでいる)、身近な野生の異類として彼等は存在していたわけである。

動物が人をばかすとなると迷信くさくなるが、子供の頃、狐狸がばかすというのは迷信だけれど、ムジナが人をばかすのは本当だ、実際に見た、と真面目に信じているいる近所のおばあさんたちがいたのだった。

ところで、アラジンの魔法のランプを高額で買ったアーユルヴェーダの医者は、ランプの魔人にどんな命令をするつもりだったのかと考えるのは、ちょっと面白い。冷えをとってくれるように、だったりして。

杏のはなし

キョウニンドーフと言っていたはずなのに、いつの間にか、アンニンドーフと呼ばれるようになっていた。

戦前の北京で暮していたことのある母は、私たちが子供の頃、よくそこで食べたお菓子の話をしたものだった。杏の種の芳香のある核（梅干しの天神様にあたる部分）をすりつぶして寒天で固めてシロップをかけたデザートの独特で新鮮な芳香の甘美な舌ざわりと、裏ごししてふわりと盛った栗に生クリームをたっぷり載せたマロン・シャンティーは、なかでも甘美で豊潤な味のイメージを呼びおこす、文字通り垂涎のお菓子だった。

やがて時は移り、ちょっとした中華料理屋のメニューにも杏仁豆腐（キョーニンとも、アンニンとも読まれていた）が置かれるようになり、字面から言って杏仁なのだから、母親が語った甘美豊潤新鮮なデザートの味に少なくとも似ているのかもしれないと思って注文したのだが、これは、雑誌の料理記事などに作り方が載っているのを見ると、牛乳寒天にアーモンド・エッセンスを入れたもので、なんとなく、杏に似た香りはするけれど、まるで別物と、切って捨てたのが母の意見だった。本物の杏仁豆腐の味はいかばかりのものだったか！

　キョウニンがいつの間にか、すっかりアンニンになってしまった頃、入院中の伯父の見舞いに行ったのが杏林大学病院で、これは杏の字をキョウと読むのだった。室生犀星の『杏っ子』という、ほぼ私小説と言ってもいい小説では、娘の名前が杏子なので、アンズっ子というニックネームで呼ばれているのを思い出した。その頃、池部良が犀星の役をやっている「杏っ子」をテレビの連続ドラマで楽しみに見ていたせいでもあるのだが（'58年には成瀬巳喜男が山村聡と香川京子、その夫役に木村功で映画化していて、いじけて、ひがみっぽい文学青年あがりの木村功が、にくったらしかったのを、姉も私も覚えている）それはそれとして、話がまわりくどくなったが、何が言いたかったか？　と言えば、漢字の読み方は呉音だの唐音だのがあるけれど、やっぱり「キョウ」と読むのではないのか、ということなのだった。だいたい、アンリン大学病院って言う？　と、私は思ったのだった。キョウリンだろ？

　ところで、杏林とは何か。もちろん杏の木の林のことだろうが、桃よりも少し早く咲くピンクの杏の花の盛りの長野県の山の風景が美しいという話も、子供の頃耳にしていて、杏の林というイメージは、いわば中国の晉《しん》の時代の伝説の桃の花の咲く水源地、桃源郷のようなところに思えるのに、様々な人たちが病気で苦しんでもいるし、死をむかえることもある病院の名前にはどうもピンとこない、と無知な若い娘だった私は考えたものだ。かなり時が過ぎてから、杏林という漢字が、中国の古典を由来として医院を意味し、また医者の美称（他人をほめて上品に言う言葉）だということを知ったのだった。

三国時代の呉に董奉《とうほう》という名医がいて病人を治療した謝礼に、重症の場合は五本、軽症者には一本の杏の木を植えさせ、数年後には、「十万余株バカリヲ得、鬱然《うつぜん》トシテ林ヲ成シ、杏子《あんず》、大イニ熟ス」、ということになったので名医は、自らを杏林と号したという。

名医は呉の人で、杏は呉音できょうと発音するので、この場合は杏林《きょうりん》と読むのが正しいだろうが、漢和辞典の類を調べると、唐音ではあん、漢音ではこうと読むらしいのだけれど、杏林にシンリンとルビをふっている食品辞典もある。漢字の読み方と言うのは訳がわからなくなって、面倒臭いではないか……。

ところで、杏の仁（種の中の実）にはアミグダリンという青酸配糖体があって、咳止めや喘息の漢方薬として使う（母親が飲んでいた喘息の煎じ薬をトロ火にかけて煮ていると家中に芳香が漂ったのを思い出した）のだから伝説の名医は当然漢方薬の生成者でもあったわけなのだが、辞書の類句、同義語、参考の項目を見ると、橘井《きっせい》という言葉があり、これも「医者の美称」とある。杏林と同じ三国時代、晋の蘇耽《そたん》という名医が臨終に翌年の疫病を予言、庭の井戸水一升にのき端に生えている橘の葉一枚を入れて病気を治療すれば、生計を支える代わりになると言い残し、その通りになったというのである。

そう言えば、キッセイ薬品という会社があるが、カタカナで書かれた音だけでは意味のわからないその社名は多分ここから取られていたのかと、この原稿を辞書を引いて書きながら思ったのだった。

この伝説の橘《きつ》というのはひな祭りに飾る、「左近の桜、右近の橘」のタチバナのことでカンキツ類の古称である。私はこの橘の葉は東南アジアの料理によく使われるコブミカン（ライム）の葉だと思う。さわやかな気持の良い香りで、タイ料理ではこの葉を油で揚げたものが干し豚肉料理の香りづけに使われているのだが、パリパリした葉を肉と一緒に食べるのが美味だし、ハーブ・ティーとしてもレモングラスと並んで良い香りに満ちている。

疫病にきくかどうかはともかく、常緑樹の橘の木と美しい水のわく井戸があって、近くにはピンクのきれいな花がこんもりとした花カンザシのように咲きほこって、初夏にはたわわにオレンジ色の実が熟すような土地に病院があるのなら、入院するのも悪くないような気がしてしまうのだが、しかし、熟しても生のアンズの実というものは、はっきり言って、そうおいしい果物ではないのだ。


生の杏は日持ちの悪い果実らしい。同じように木に薄いピンクや濃いモモ色の花が咲く、バラ科の果実はいろいろあって、そのほとんどが（マルメロを除いて）生で食べられるのだけれど、果物屋や八百屋で生の杏をあまり見かけないのは、日持ちしないのと生で食べてもあまりおいしくないせいらしい。

だから、アンズといえば、専らジャムか二つ割りにして干した物を煮た蜜煮として食べるのが普通なのは今も変わらないが、まだ戦後の貧しさの残っていた小学生

「ボックス２」

の頃の給食には、コッペパンにつける、マーガリン、リンゴジャム、アンズジャムの三つが交互に登場するのだったが、他の給食献立のまずさについて書きはじめると長くなるのでやめておくことにする。ジャムと言えば、初夏の頃、出盛りで安くなって少し傷みかかったもの（その頃のイチゴはとても酸味が強かった）を沢山貰ってきて家で煮たイチゴジャムが、なんといっても最高だ。ジャムを煮ていると家中に満たされる豊潤さとさわやかさと砂糖の甘い香りの混りあった、いわばあたたかいシロップの混った透明なイチゴ色の香りを吸い込むことから、すでに食べることが始っている。

小学校の給食でコッペパンについているリンゴジャムもパン屋で売っているジャムパンも、カン詰めのイチゴジャム（昔はビン詰めではなく、カン詰めのジャムの方が一般的だった）も、味がいまひとつアカ抜けていない味だったのは、ペクチンを増粘剤として使うせいなのだと後で知ったのだが、給食用のアンズのジャムはなぜか入っていない味がした。ところが、近頃では旅行先のホテルのバイキング形式の朝食の、小さなパック詰めのアンズジャムもペクチン入りで、果汁入り寒天ゼリーのみすゞ飴とまぎらわしい気がするほどだ。

食紅で紅玉の皮の色に似せてあくどいくらい色をつけたペクチン入りの、舌ざわりがザラっとしたリンゴジャムに対しては軽蔑的でさえあったのだけど、子供の頃の滅多に食べられない大変な御馳走の一つだったアップルパイのパイ皮にはさまれた煮たリンゴは、香りも良く瑞々しくなめらかな舌ざわりで、リンゴと一緒に煮たのでふっくらとふくらんだ干しブドウの歯ざわりと、リンゴの上にあみ目状に組まれたバター味のカリッと焼かれたパイ皮の表面においしそうできれいなピカピカの艶を出すために塗られたアンズジャムの独特な酸味の全部が一緒になって溶けあう至福の味だった。

これはもちろん大変特別な御馳走で、子供の頃、アンズと言えば駄菓子屋で売っていたミツアンズのことだった。今でもそれに似た物があんずボーという名前でスーパーマーケットで売っていたりするのだが、昔食べた味について語る老人は、いつの時代でも、子供の頃に食べたものとは違うという、じれったい感想を持つように、あの「蜜杏《みつあんず》」と漢字で書きたいあれとは違うのだ。マドレーヌとボダイ樹のお茶と記憶についてのプルーストの関係は、文学的におもいっきり祝福された特権的体験なのである。

小学校低学年から四年生頃までの、駄菓子屋に入るのをなんとなく恥かしく感じる年頃になる以前に大好物だったのが「蜜杏」で、薄い水色で分厚い再生ガラスの細長い直径七、八センチで首のところがやや狭くなっているビン（コルクの蓋のある）に、それは入っていて、ビンには、黄色地を青い線で囲んだデザインのラベルが貼ってある。黄色をバックに、いささか毒々しい印象の赤味の強いアンズ色のアンズの実と緑の葉が描かれ、横書きを右から左に読む戦前の書き方で、黒い枠取りの線のある赤い字で、杏蜜と平仮名のルビは、ずんあつみ。

そこには、アンズの果実の皮にも実にも似ても似つかない、あれは、およそ食物の色彩についての喩《たと》えには不向きなアカチン色と言うか、判を押す時の朱肉色と言うか、それにプラスして、昔風のチャーシューの外側をはなやかに染めた食紅色に近い、絵具の名で言えば、ローズマダー（じゃない？　と姉）が混ったような赤色のシロップに染った二つ割りになった干しアンズの蜜煮が入っていて、駄菓子屋のおばさんが、赤く塗った安物の竹箸でビンから取り出したのを店屋物《てんやもの》のカツ丼を出前でとった時に漬物少々が載っている、カニの柄だったりする安っぽい小皿に二つとってくれて、五円。塩漬けの巴旦杏《はたんきょう》に比べると割高である。

このシロップ漬けというか蜜煮は、干しアンズの周囲に少しシワシワした感じが残っているのに内部は柔らかくて、そのニュアンスの違いが、言ってみれば生えかわりつつある残った乳歯に心地良い感触なのだった。幼年の味である。

杏は、和歌山県で梅の実と交配されて南高梅という新しい品種を作り出す実力のある味覚をそなえてもいるけれど、プラムやリンゴとちがって料理には不向きかもしれない。干しアンズを煮たものはチーズケーキやババロアに使われると、皮のシワシワ感がどことなく口の中に違和感を残すし、イチゴやブドウや桃やオレンジのように、はっきりまとまった香りと味というものがない。たとえば、フルーツゼリーやフルーツ味のキャンデーになっても、味と香りがぼやけているので、「……?」という感じだろうか。

しかし、アンズのジャムが一生忘れられない味になった例を知っている。

行きつけの美容室の美容師の経験である。長野の実家に帰った時、お昼に自家製トマトの水煮のビン詰めを使った魚介のスパゲッティーを食べることになり、調理はもちろん、母親と姉たちがやり、末っ子の彼女は、食料品棚にズラリと並んだビン詰めを選んで開けるという役目。夏の間に豊作の家庭菜園でとれた何種類かのミニトマトの中から、おしゃれな感じのオレンジ色というか黄色のものを選んでソースが作られオリーヴ油で炒めた、エビとイカとホタテとアサリが加えられ、タイミング良くアルデンテに茹であがったパスタの上にかけられパセリとチーズとタバスコが加えられて、湯気のたつパスタをフォークに巻いて口に入れると、なんとも言えない不気味で複雑な味がして、家族たちが、ショックと怒り混りにこれはアンズのジャムだよ！　と叫んだそうである。

花を買う、花を飾る

去年の三月から四月にかけて、卒業式と入学式シーズンに需要が高まる「花」がコロナ流行のせいで売れ行きが大幅に落ちて、生産地では大量の花が処分されたらしい。

今年はどうだったのか、ニュースで「花」の処遇が語られるのを見た記憶がないのだが、去年はたとえば、朝日新聞の朝刊コラム「天声人語」に、売れずに大量に残った花が処分される事態について、「花に罪はないのに」などと詠嘆する文章が書かれたりしたものだった。花に罪があるとかないとかとは、どういうことなのか。かつてO《オー》157による食中毒が流行した時、汚染の元としてカイワレ大根が疑われたことがあったけれど（すぐ後に別の感染ルートが確認された）、カイワレ大根がまさしく、罪ある野菜であるかのようにあつかわれたのを思い出し、ついでに、グレタ・ガルボの主演映画『明眸《めいぼう》罪あり』という、いわば傾城という思考（アダムを誘惑するイヴ）を思い出しもしたのだが、「花」は考えてみれば、美女の喩えとして使われるばかりではなく、同期の桜や花婿《むこ》という言葉もあるし、社会的に成功した優秀な同年生まれの男が何人もいた年を、「花の○年組」と呼ぶならわしもあった。映画監督の大島渚と、作家で都知事でもあった石原慎太郎、五木寛之その他の同年生まれの男たちを「花の（昭和）七年組」と、マスコミが命名したものだったが、今となっては、他にどんな男（というか、おじいさん）がいたのか、とんと思い出せないのに、『花の講道館』という柔道もの映画があったのを思い出した。山本富士子と長谷川一夫の主演で監督は森一生。柔道をやるのは、女形役で売った長谷川一夫。

ところで、五十年以上前、男の作家の気の利いたつもりで、「きれいな花には棘があると言うけれど、きれいでない花にも棘がある」というアフォリズムを読んだ記憶がある。「きれいでない花にも棘」と言うのは、もの言いが利巧ぶった昔の男の小学生的である。

卒業や入学式といった行事が中止になって花が売れなかったというニュースを目にして、もう一つ思い出したのが、花を買うということについてであった。何年か前の春（十五、六年以上にはなるか？）、いろいろな色の矢車草やマーガレットや平凡な昔風のキンセンカ、スイートピー、フリージアといったありふれた春の花を描き

「花を買う、花を飾る」

たいと思った姉が、近所の花屋を見て回ったのだが、なぜか売っていないのである。昔からの花屋のおかみさんである高齢女性の意見では、そういうありふれた花は、皆さんお庭に植えてあるから売れないのよ、とのことで、とりあえず、なるほどと納得したものの、では、なぜ、二、三十年前までは売っていたのだろうか、という疑問もわくのだが……。近年花屋で見かけるスイートピーやフリージアは、品種改良され、やたら花が大きく色も鮮かすぎて、かつての少女雑誌の抒情画に夢見るまなざしの乙女と共に描かれた清楚で可憐な物思いに欠ける気がするのである。

そう言えば二、三十年前、仕事の打ちあわせや原稿や画稿を取りに家にやって来る女性の編集者は、手土産に季節の花を携えていたものである。何を思ったのか若い男の編集者が花を持ってくることがあって、その場合は、駅前の花屋の店頭で水色のプラスチックのバケツに入った仏様用花束と混った、売れ残りのいかにも生気のないバラやガーベラ（バーゲン品である）だったのを思い出した。花を土産に持ってくる程の女性は、古風なたしなみがあり、しかるべき行きつけの、会社の近くにある花屋で、何日か後に見事に咲き誇りそうな新鮮な花を選ぶので、こちらとしても、毎日水を替え茎を少しずつ切って水あげに気をつけたりしない訳にいかない。

二十代から三十代にかけてのごく若い頃、花を手土産にもらうことがなかったのは、元気のいい若い女の画家や小説家は、切り花の水を毎日替えるなどという生活というか気持の余裕がないだろうから、生花はいやな臭気のする腐った生ゴミになるだけだわね、と推測されたからなのだと思うし、確かにその通りなのだった。

姉の個展の時は、画廊に沢山のフラワー・アレンジメントがとどき、花に囲まれていると、はなやかで、心地良くも落着いた心持ちになって、こういった特別な時だけでなく日常的にもささやかな花を飾ることにしようと思ったりするのだが、どうも心許《こころもと》ない。それには、やっぱり日頃の心がけが必要なのである。

日頃の心がけ、というか身についた習慣というか、気持のゆとりや、ちょっとした経済的時間的余裕とでも言うべきか、そういったものである。

かつて幸田文は、「台所に花を飾る」といった婦人雑誌が推しそうな生活上の提案について、〝花を飾るのにふさわしく片づいた台所か〟、と難癖をつけたものだったが、そう、確かに室内に花を飾るということは、茶道のことなど知らないが、空間が端正に清々しく片づいているということとセットになった思考なのだろう。小倉遊亀の絵のような台所の花とまでは言わないが。

とはいえ……と、思い出すのはここ何年かの間に、観光地のホテルの部屋にパッドに入ったレターセットが置かれなくなったのは当然としても、壁面に絵画が飾られなくなり、ティーテーブルや化粧台に飾ってあった一輪挿しのつつましい花もなくなったことだ。ホテルといえば、ビジネス・ホテルなどにも、ベッドの頭にあたる壁に小さな版画が飾ってあったのは、あれは、まだバブルの余波がどこかに残っていたからなのだろうか。いずれにしても、せちがらいことである。

花と帽子、造花の花輪

　映画の中か、小説の記述の中で知っているだけで、実際にそういうものを見たことはないのだが、昔、男というか紳士（あるいは殿方）は上着のラペル、ボタン・ホールに小ぶりなカーネーションやバラの花をさして、帽子を被っていたものである。そうした優雅な（あるいは、やや女々《めめ》しいとも思われそうな）習慣がすたれたのは、紳士と呼ばれるタイプの価値観が社会的に成立しなくなったからでもあるだろうし、ボタン・ホールに飾る花と並んでもう一つの紳士のお洒落であった帽子が消滅したのと、関係があるだろうか？　帽子の持つ社会的意味については、ハリウッドの大プロデューサー、サミュエル・ゴールドウィンの独特な機知を伝えるエピソードと併せて紹介したい。

　プロデューサーとして無声映画の作り方を知りつくしていた彼は、脚本家や監督志望者に向って、エレベーターに乗っている一組の男女が、夫婦かそうでないかが、どうやったら一目で言葉を使わずにわかるか、と質問するのである。もちろん、誰も答えられずにお手あげなのだが、ゴールドウィンは「男が帽子を被っていたら夫婦。女性が乗ってきたら、男は帽子を脱ぐ」と得意満面に告げたそうだ。

西洋のマナーでは、紳士は同席している相手に敬意を表わす時や室内に入る時には、帽子を脱ぐことになっていて、相手が女性であれば無条件的に帽子を脱ぐ。私たちの世代までの者は、そういったことをハリウッド映画を通して、学ぶというほどのことではなく知っていた。新憲法の「男女同権」や、紳士のマナーとしての「レディー・ファースト」とごっちゃになっていたマナーというのは、ようするに欺瞞的な形式だということをほどなく、十二分以上に知ることになるのだが、それはそれとして、ゴールドウィンは、夫婦間で男は面倒臭い帽子着脱のマナーなんか守らない、という誰でも知ってるし、実際に極あたりまえにやっていることに敏感だったのだ。

帽子が被るだけでなく、脱ぐことによって社会的な意味を担ってきたのは「脱帽」という言葉と「兜《かぶと》を脱ぐ」という、戦さに負けたことを意味する言葉が現代でも「降参」を表わしていることからもわかるというものだ。とは言っても、いつの頃からか――戦後の五〇年代半ば頃からだろうか――職業や社会的地位を頭上に載せていたような物だった男の帽子は姿を消すことになる。アメリカでは自家用車の普及が原因と言われている。帽子が車の天井につかえてしまうのだそうだ。

戦後間もない頃まで、サラリーマンはフェルトのソフト帽、商売屋は主人から番頭、小僧さんまでがハンチング、制服を着ている学生、警官、消防隊員、自衛隊員といった者たちは制帽を被ることが決まっていたが、今は、制帽を着ける職業以外では、何年も前に定年退職した年配の男性が、毛髪の薄い状態の頭頂部を保護するため登山帽型のものを被っているのを、見かけるくらいだろうか。

もちろん、冬の間流行していた毛糸編みの正ちゃん帽（と、戦後までは呼んでいたタイプの）などは、話題が別なので触れないが、昔は紳士と呼ばれる階級の男たちは、ラペル、ボタン・ホールに花を飾っていたと書いて、そう言えばと思い出したのが、出版社が主催する文学賞の授賞式などで、受賞者が胸につける名前の書かれたバラの造花だ。もう何十年も出席したことはないのだが、思い出してみると、胸につける名札付き造花は、受賞者だけでなく、さまざまな関係者たちからなる招待客も、受賞者のものよりもかなり小ぶりの物をつけていた記憶がある。前もって出欠を伝えるハガキを出しておくので、会場入口の白い布のかかったテーブルに、名札付き造花が置かれていて、それは、先端が直径一・五センチほどの小さな虫メガネになっているプラスチック製の十センチの目盛の付いた学童用モノサシに取りつけてあって、それを上着の胸ポケットに差し込むという誰が考えたのか、ピンでとめるという面倒のない仕かけになっていて、男の客の場合はそれでいいし、和服の女性客も、帯に十センチほどの、小学生が使う安物のモノサシを差し込めばいいのだった。

面倒なのは洋服を着ている女性客で、女性編集者がモノサシをピンに取りかえてくれたものだったが、現在はそういうシステムは、もう無いのかもしれない。それに気にかかるのは、あのプラスチックのモノサシの小さな虫メガネは、いったい、何のためのものだったのだろう？　ゴチャゴチャした漢字——薔薇だの憂鬱——を書く必要があって辞書の小さな字を拡大鏡で見る（今、私がやったように）必要など、小学生にはないだろうから、もっぱら、授業中に自分の爪や隣の席の子の指のホクロとか、丸めたハナクソを拡大して見るという、退屈しのぎのためだったのかもしれない。

横道にそれてしまったが、生花の飾りはかつての紳士的優雅な身だしなみの象徴で、世紀末の才子オスカー・ワイルドはこの花飾りに凝るので有名だったそうだ。二十世紀初頭まではいた紳士スタイルの浮浪者を演じるチャップリンは、目の見えない美しい花売り娘から襟に飾るバラを毎日買うのだったが、今日では、まあ、社会的に賞揚される名誉を得た者がシルシにつけるものとして造花がある。

国会議員の選挙で、党本部の壁に貼られたズラリと候補者名の書かれた紙に、次々と、あるいはポツリ、ポツリと当選者名の上部に造花のバラ付きのピンが刺されるのも、同じセンスのものなのかもしれないという気もする。

そういった造花を思い出してさらに、そう言えば、と思い出したのが、あれはいつの頃までだったか、葬式や店の開店には高い脚を組んだ台に大きな造花の花輪がつきものだったのを思い出した。いつの頃からか、造花の花輪は生花のフラワー・アレンジメントに変わったのだが、あの葬式用のものさえもにぎやかで、いかにも派手な印象だった花輪は、いったい、どういう発想で作られたものだったのだろうか。開店祝い用の花輪と、どちらが先に使用されたのかも、気になるところだ。

梅とシロちゃんのこと、あるいは善良な化猫

今年は梅の成り年なのだそうだ。

そう言われてみれば、住宅街を散歩していると、道路に薄緑色の小さなかたい果実が落ちていて、通行する車のタイヤにひかれたのか、割れた物もかなりの数である。塀越しに伸びた枝から道路に落ちた梅の実が多いのは、豊作の年だったからにしても、それだけではなく、庭の梅の木に成った実を集めて、いわゆる「梅仕事」をする住人が少なくなったせいだろう。というか住人は年をとりすぎているのだ。

ここいらの古い住宅街には広い庭に様々な庭木を植えた家が多かったのだけれど、お定まりの遺産相続と税金のせいで、建物を取りこわし庭の木も引き抜いて平らに整地し、小わけにして分譲するか、住宅地なので高さ制限の上限が三階のマンションを建てるかの違いはあるものの、庭というものは失われて行くのである。

広い地所にあふれんばかりの樹木やバラやボタン、庭の豊かな広さそのものを、土地の所有者で納税義務のある人物が、細分化されるのを惜しんで寄附して区立の

公園にしたケースや、マンション建設の反対運動で公園として残された土地なども、このあたりにはある。

公園になった個人の庭は、気持の良い公共の空間の魅力を持ってはいても、私としては、さまざまなうかがい知れない理由《わけ》で放置状態の荒れ放題になった深山幽谷のような庭というか、秘密の花園を、散歩の途中、つる草に覆われて錯綜した部厚い生け垣ごしに見るのが好きだった。

梅雨時や夏の朝や夕方には、土と植物の混った呼吸の湿った匂いに、フジやボタン、クチナシの香り、それになんだか動物（タヌキとか野良猫たち）の気配のする匂いが加わり、まるで温泉地の山を歩いているような、妙な、いわば、タイム・スリップ感とでもいったような感覚を味わったものだ。散歩の途中、庭木の伸びた枝から熟して落ちた、梅、オリーブ、山桑の実、柿などが道路に、散乱というのではなく、いいてあるという風情で、梅を除けば野鳥たちが食べた残り物だったのかもしれない。

ところで、今年は知人からいただいた梅で久しぶりに梅酒を漬けることになった。

梅酒作りは簡単といえば簡単なのだが、若い頃とちがって飲めるお酒の量が圧倒的

「ウサギの小屋」

MIS EN

に少なくなったから、食事の時に飲むワインや日本酒で手いっぱいというか、望ましい健康的な量を超えたくないので梅酒まで飲んではいられない（とても、おいしいのだが）ということもあったし、「内職」という言葉を思い出しながら、洗って水気を切った梅を一粒一粒、フキンで拭いて、ヘタのへこみに残っている黒い小さな粒状の部位（ようするにヘタの一部）を竹グシでほじって取る作業は、かなり辛気くさいのである。エビの背ワタを取ったり、ホタルイカの目玉を取るのも面倒は面倒だけれど、なにしろ、一遍に作業する数が少ない。ところが梅は数が多いから、なんだか腕と指がだるくなる気がする。それに、梅干し用の熟した実は、青酸が含まれているということを想像することも出来ないような、甘く、さわやかに熟した果実の良い香りがするのに、まだ青くてかたい梅酒用の梅の実は、それ程の匂いがしないのだ。梅干し作りの方が当然手順と時間がかかるだけに、梅の香りを楽しめるという余禄があるわけだ。

去年から、コロナとオリンピックの馬鹿騒ぎが続いているし、個人的な事情だが、隣接する贅沢に空間を使った現代建築のデザイナーズ・マンションが猛然とした騒音をたてて取りこわされ、まったく正反対のコンセプトの家族向け分譲マンションの建設がはじまり、あたりをはばからない騒音に悩まされる日々が、もう一年以上続いていてストレスは溜るばかりなのだが、でも、特別のことは、おきるのだ。二、三週間前、久しぶりに散歩した道で、むこうからゆっくり歩いてくるやせた小さな犬がいてなぜ犬が一匹で？　と無意識に思った瞬間、すぐにそれがあのシロちゃん（本誌連載の一月号、二月号のエッセイを参照してください）だということがわかった。

毛並みは、晩年のトラーがそうだったように、バサバサとして艶もなく、後肢の付け根とお腹のあたりの、筋肉にかこまれた脂肪（太っているというわけではないのだが、いかにも潤沢な）がげっそりと落ちた身体とはいえ、見まちがえることなくシロちゃんで、頭の良いシロちゃんは、出あう度に自分のことを褒めてくれる二人のおばさんを見て（今では、お互いにおばあさんだけどね、シロちゃんも感慨深そうに、こちらを見上げている）立ちどまって、小さな声で、ニッ、と鳴くのだった。猫が持つという九つの命の十回目を生きているシロちゃんにあえたのは、特別に良いことではあるのだけれど、同時にトラーの最晩年の毛並みとやせ方（それでも毎日外の散歩に出かけたがった）にそっくりになったシロちゃんと、あの日が永いおわかれだったのかもしれないと思う。あいさつをするためシロちゃんはあらわれたのだろう。

田舎を楽しむ

生活の本拠は都会にあるのだけれど、週末やあるいは夏季の長い休暇を利用して、田舎というか田園にあるもう一軒の家（持ち家であれ借家であれ）で田舎暮しを楽しむという暮しぶりが理想化されたのは、いつの頃からだったのだろう。映画や小説で、そういった場所を舞台にした物語をいくつも見たり読んだりしたものだ。王族や貴族の生活は古代ローマ時代から夏は避暑地に宮殿を構えていたし、マリー・アントワネットが、ヴェルサイユに人工的な居心地の良い農園を作って愛らしい小粋な農婦に扮して田舎暮しのふりを楽しんだということは、かつて一世を風靡した少女マンガ『ベルサイユのばら』にも（読んだことがないので、多分）登場したエピソードではなかったろうか。王妃にとって田舎は、いわばロマンチックな自然を楽しむ舞台だったのだ。

　時代も十九世紀ともなると、イギリスではジェイン・オースティンが一八一七年に、保養地の分譲を商売（投資としても有利な不動産業）とする人物の登場する『サンディトン』という小説を書いている。中流の上以上の階級の人々にとって、田舎の土地つきの家を複数持つことは、社会的地位に対する信頼を盤石のものにしていたわけで、十九世紀末のオスカー・ワイルドは、『真面目が肝心』の登場人物に、反対していた甥の結婚相手に土地と家が三つあるということを知るやいなや、てのひらを返して、それは、いつだって信頼感をおこさせることですわ、と、全面的に結婚を認める貴族の夫人を登場させる。

二十世紀末ともなれば、フランスのエリック・ロメールはシリーズ「喜劇と格言劇集」の第四話『満月の夜』の格言として「二人の妻を持つ者は心をなくし、二つの家を持つ者は分別をなくす」を映画の冒頭にかかげる。シャンパーニュ地方の諺《ことわざ》ということになっているが、この諺の意味は、古風に、むろん、家庭や家屋の維持管理には特別な能力がいる、ということだろう。妻は一人でさえ、家は一軒でさえ、それを保持するのが大変なのだから、複数においてをや。

定年を機に、あるいは定年を待たずに、憧れの「田舎暮し」を始めたり、ずっと念願にしていたパン屋やレストランを開業したり、一念発起、大学に再入学してやりたかった勉強を続ける、といった生き方は、いつでも人々の関心を集めて、たとえば脱サラなどという新造語を生み出したりしたものだった。

　現在でも「田舎暮し」への憧れは衰えることがないようで、週末の夕方のテレビ番組「人生の楽園」では、ほぼこの十年以上になるだろうが、いくつもの大成功例を紹介しているので、それは、そんなにむずかしいことではなく、もちろん、いろいろ大変なことはあっても、決心して実行さえすれば（それが肝心）、絶対うまくいくような気になる者（男が多いと聞く）が絶えないということなのだろう。

　人生の晩年にさしかかって、やりたくなるのが、女の場合は断捨離、男の場合は田舎暮しなのかもしれない、と思うのは私の偏見だろうかと、すぐに考えを改めるのは、世間との狭いつきあいで知っている人たちの中で、田舎暮しや畑作りを実行しているのは女の人だからである。ピアノを弾いたり、リンゴをもいだり、ジャガイモを掘ったり……。

　しかし、映画の中では（と言っても、ゴダールの）、伝統的な生産形態であり、土地に根づいた農業に憧れて、乳牛を飼う農場を手に入れたジャーナリストの女性は、そこが牧歌的なミルク・メイドの農園などではなく牛乳生産工場であることを移住最初の日に知らされることになるし、現実に戻れば、オリンピックが開催される以前にIOCが日本に要求していたという、様々な問題をクリアした無農薬で遺伝子組み換えでない飼料で、ストレスの少ない飼育環境で育てた食肉や、有機農法の野菜のみを選手たちに提供しなければならない、という課題など、コロナ禍では一切触れられることもないし、オリンピックの開会式をとりしきっていたらしい電通の社員が、太目の体型の女性タレントを豚にたとえたことが、悪質な差別として問題化されはしたが、豚コレラが蔓延しやすい豚の飼育環境（ニワトリのケージ飼育問題もある）については触れられない。もっぱら広告代理業である電通社員の女性差別の問題として語られる。

アメリカの記録映画作家フレデリック・ワイズマンの大量の牛をオートメーションの機械を使用して食肉化する大工場のドキュメント『ミート』を見た時、大衆車を組立てるフォードの工場の流れ作業方式（フォード方式と呼ばれている）が食肉工場の基になっているのだと、てっきり思ったのだったが、実はその反対なのだ。ヘンリー・フォードは、食肉処理工場で有名な「フィリップ・ダンフォース・アーマーが一八七五年頃シカゴに作った「豚解体」ラインにヒントを得て、最初の大量生産車T型フォードの組み立てラインを構築したといわれている」（『豚肉の歴史』K・

「ピクニック」

RENOIR
A LA CAMPAGNE

M・ロジャーズ、伊藤綺訳、原書房、二〇一五年)。

子供の頃、(戦後の住環境が最悪だった)知りあいの農家が飼っていた豚を見に行ったことがあるが、今に比べたらいかにも暗い貧しい住環境は、ケージ飼いに比べたら、人間も豚もそう変わらず、同等だったとも言える。それに三十年程前だったか、フランスの女性大臣が日本の狭い住居のことをウサギ小屋と評したのが大変な話題になったものだ。ウサギ小屋程小さくない家でT型フォードと違って豚を同等のものとして、食べていたわけである。ルナールの小説『にんじん』では「にんじん」と仇名で呼ばれる孤独な少年が豚と一緒に家族の食べたメロンの残りを食べる。

「グレース」

お盆と怪談映画

去年の夏も、そして今年も、外出する機会がめっきり少なかったので、扇子の出番もすっかり減ってしまったし、そもそも扇子であおいでどうにかなる程度の暑さなど、近頃の夏には無縁だ。

小学生の頃、お盆のお年玉をもらうと、扇子を買うか、夏用の麦わら細工の小さなバッグを買うか迷い、どっちを買ったにしても（扇子を買った場合は、去年のバッグにガマグチと一緒にそれを入れ、バッグを買った時なら、去年の扇子を新しいバッグにガマグチと一緒に入れて）、ワンピースを着て夏の白いビニール製のこれは親に買ってもらった新品のサンダルをはき、お盆興行中の映画館（東映は三本だてだった）に行ったものである。いつの頃からか、子供が大勢見物に押しかける夏の映画のプログラムはお盆興行と呼ばれなくなり、夏休み子供映画大会、といった呼び名に変わったのだが、それもすでにかなり大昔のことだろう。

今年の六月上梓されたおよそ二万作が収録されている『日本映画作品大事典』

(山根貞男編、三省堂)で、怪談映画を調べてみると、一九〇八年に牧野省三が本格的な劇映画を作って以来百年の間に撮られた日本映画の中でタイトルに怪談が付くのを手がかりに、怪猫や怪奇、幽霊を含め、題名だけでも有名な『番町皿屋敷』や『四谷怪談』、『牡丹燈籠』等、さらに妖という文字や呪のつくタイトルも加えて二百本はゆうに超えるのだけれど、怪談映画の範疇に洋画の怪奇映画《ホラー》(吸血鬼やフランケンシュタイン、ゾンビもの、宇宙人)を含めたら数は膨大に膨れあがるだろう。それはそれとして、もう四十年も昔のことになるのだが、日露戦争を想定した陸軍の訓練の最中におきた、厳冬下風雪の八甲田山中の遭難事件の映画『八甲田山』(森谷司郎監督'77年)を夏休みに見た友人の娘(当時小学四年生)は、恐ろしさのあまり夜中に魘《うな》されて一人でトイレに行けなかったと真剣に訴えていたから、怪談というジャンルとして作られていなくても、怪談的影響を夏休みの子供に与える映画があるのだ。

たしか、北大路欣也が猛吹雪の中で半冷凍状態になりながら、「天は我等を見放したりっ!!」と叫ぶ映画のCMがTVでさかんに流されたのを、五十代以上の読者の方々は覚えていることだろう。『がきデカ』のこまわり君が冷凍庫に入って凍りついてしまい、前記のように叫ぶギャグがあったのも思い出した。知人の娘は夏休

「ラ・パロマ」

みに映画に行く時は、父親に京都土産にもらった花柄の扇子を持って行き、コワイ場面になると、扇子を開いて顔の前にあてて骨ごしに画面をチラッと見るのだと言い、私たちも子供の頃、まったく同じように怪談映画のクライマックスの恐ろしいシーンを見たのを思い出した。

　お盆のお年玉にもらったおこづかいで扇子を買うのは、まさしくそのためだったのである。オモチャ屋で二、三十円で売っていた、泥絵具で舞妓さんに月と東山などの超月並な安っぽい絵の描いてあるものもあったけれど、たいていの女の子は、小ぶりな婦人用のそこそこの値段の扇子をお盆に買ったのではないだろうか。怪談映画見物のためというだけではなく、ちょっとおしゃまな気分になるために、使いもしないこぎれいで安い手鏡や、バレリーナ姿の銀色のブローチを買ったりするのと似ていたかも。

　そして、誰に教えられたというわけでもないのに、扇子は怪談の数々のクライマックスであわただしく開かれ（中には母親や年の離れた姉の香水を無断で骨の部分に一吹きした女の子もいたので、バラやヘリオトロープやキャラの香りも漂う）、扇子の骨のすき間から、コワイ物見たさで、お岩さんのくずれた顔や戸板がえしを見たのである。この扇子の骨ごしにコワイ物を覗き見るという仕草は平安時代頃から続いているものなのだそうで、子供たちはそんなこととは露知らずに受けついできたことになる。怪談映画の上映館は、大勢の子供たちが、キャーとかギャーとか悲鳴をあげて、映画館の中は大変な騒々しさだったはずなのに、それはどういう訳かあまり記憶にないのだ。

コワイという映画ではないのに、怪談というと、なんとなくダニエル・シュミットの『ヘカテ』（'82年）や『ラ・パロマ』（'74年）を思い出すのはなぜなのか不思議なのだが、この、もう四十年も昔に見た、ニュー・ジャーマン・シネマの作家として呼ばれた何人かの映画作家たちはどうしているのだろうか。シュミットは、その審美感の幅の狭さとチープとも言えそうな感覚が、ヴィム・ヴェンダースなどに比べてある種の映画批評家（?・という程の者でもなかったが）に嫌悪されていたというか軽蔑されてもいたのだが、私としてはその狭さとチープな親密さこそが好ましく思われた。なんだか短い夏の夜の夢のように、扇子ごしに覗き見る甘美な悪夢のようなはかなく子供じみた官能の世界が、映画として息づいていたのだった。

おそろいとおさがり、はぎれ細工

姉妹でおそろいの服を、母親が作っていたのは、姉が小学四年生の頃までだったような気がする。もちろん、ちょっと隣室まで行って、どうだった？と訊ねてみればいいのだが、これから書こうとしているのは、姉妹でおそろいの服の、姉が着ていたものをおさがりでまた着ることになる妹の立場のことなので、専ら私の主観的な記憶の問題とも言える。

私たち姉妹が小学生だった昭和三十年代の前半は、戦後的なあれこれの残る、まだまだ貧しい時代で、年の暮れともなれば、映画館で上映されるニュースでは、貧困が原因の一家心中事件と銀座の夜のクリスマスの大にぎわいとセットになっていた印象さえある。子供の着る服などは、親戚や知人の子供のおさがりや、母親や祖母が、上手下手は別にして、手作りをしていたものである。

姉妹でおそろいの服は妹へおさがりになるということについて書く前に、ここ何年か年輩女性向け雑誌によく載っている和服リフォームの服を見るたびに思い出す、

Aさんの家のおばあさんが、モスリンという和服用のウール地や木綿の地味な格子をパッチワークのように縫い集めて作った、大勢の孫たちのために手縫いしたシャツや上っ張りのことを書いておきたい。

洒落ているというのとは違うのだけれど、無駄を出さず大切にとっておいた、いろいろな端切れを寄せ集め半てんや、ちゃんちゃんこ、座布団、小袋、さらに小さくなると小ぎれを縫いあわせたお手玉といった物を、若い頃から縫ってきた忠実な手の技というべき魅力があって、灰色の襟と袖とカフスと前だてに別の生地で同系色の茶色の前身頃と後身頃といった組みあわせを覚えているのだ。シャツや上っ張りの前あわせは、ボタン・ホール・ステッチの技術を知らなかったのか、細かすぎて面倒くさかったのか、スナップどめになっていて同じ布のクルミ・ボタンが付いている。着るのは小学生の男の子なので、赤の混ざった友禅というわけにはいかないとしても、地味なネズミ色や茶色の生地を使ってはいるのだが、ジジイむさいというより、どことなく、ババアくさいとでも言う印象があったものだ。

さて、小学生の姉妹はなぜ、手作りのおそろいの服を着るのか？ 母親の愛情とか、そういったことを言いたがるむきもあろうが、わかりやすい例をあげれば、たとえば浴衣は一反で二人分が作れるまではおそろいだったし、ワンピースやブラウスやスカートも、生地の裁ち方の有効利用の面で経済的だから、おそろいということになるわけなのだ。

現在は、よほど時間的にも経済的にも恵まれている専業主婦で、なぜかお裁縫が好きで、小さい娘が二人いるという人でなければ、ユザワヤで気に入った生地を買って、娘たちのおそろいの夏のワンピース——私たちは、母が気取って使う言葉で、サマードレスとかサンドレスと呼んでいたものだ——を作ったりすることはないのかもしれないが、しかし、しかるべき子供服メーカーのものなのかもしれない、ファッショナブルな若い母親と、洒落たおそろいの服を着た小さな姉妹や兄弟を街で見かけることがある。

それはそれで、いかにも愛らしいものなのだけれど、私としてはつい自分の子供時代を思い出して、おそろいの服——同じデザインで色違いだったりもする——を着た妹や弟は、一年か二年後、自分の着ている服が小さくなった頃、姉や兄のおさがりで同じ服が回ってくるものだから、また同じ服を着ることになるのかなぁ、それとも着捨てにしているのか、と思うのだ。意味は違うのだけれど、「着たきり雀」

という、近頃はまったく聞かない言葉をふと思い出したりもするのだが、ドイツのボイスという航空兵としての戦争体験を創作の基にした作品を作りつづけた現代美術作家の名前が、どうしてここで登場するかと言うと、消費文化を批判して「ウサギは服を着がえたりしない」という彼の発言が有名だったからなのだが、皮肉なことに日本でのボイスの大きな展覧会は、消費文化の砦――池袋駅のパルコ、西武百貨店、無印良品と続く建物のちょっとした「砦」のようであった――西武百貨店内の美術館（後に中軽井沢のセゾン現代美術館となって、楯の会の三島由紀夫の軍服も展示されている）で開かれたのだった。

それはさておき、貧しい庶民が同じ物をずっと着つづける衣生活についての言葉は、この着たきり雀だけでなく、寝巻き起き巻きとか、一張羅、ちょっと意味は違うけれど、馬子にも衣装とかを思い出したのだが、着たきり雀は、むろん、舌切り雀の語呂あわせとは言え、いかにも、つつましく、貧しい地味な衣生活を身近な雀の羽の地味な色も反映させてあらわしていたわけだ。

横道に外れてしまったが、妹としての私は、小学校四年生の頃まで同じデザインの服を二～三年くらい着ることになったのだった。

［おそろいとおさがり］

山河はるかなり
母とわかれて
おとな100
入口

今のように、驚愕的な数量の衣料品がゴミとして捨てられる時代と違って、衣類は大切にあつかわれていたし、映画やスタイル・ブックを参考にして気に入ったデザイン（シンプルであることが子供服にとって重要！）で気に入った布地で母親が作ったおそろいの服には特別な愛着もあったし、姉や私も気に入ってはいたけれど、なにしろ長いこと着るので、私はあきてしまう。

夏の服は洗濯の回数が多いので傷みも早く、そう長く着ることはなかったが、冬のウールのスカート（ギャザーやヒダの）やコーデュロイのジャンパースカートなど、私は背が低かったので、姉のおさがりを小学生の時に着て、さらに中学生になっても、まだ着ていた物もある。

今月の姉の絵に描かれたブルーの縁飾りのついたサマードレスは、子供のモデルが着て婦人雑誌に載っていたのだった。それは胸のところに縁飾りと同じブルーのイカリのアップリケのあるマリン・ルックだったが、木綿地のアップリケは手間がかかるので、母が省いたのを思い出した。ドレスの裾にもブルーの縁飾りが縫いつけられていて、このブルーの生地は、小さな波形の地紋のある木綿で、母親のチャイナ・ドレスのあまり布だった、と、思い出すと、もっと様々な服やバッグや靴のことが次々と記憶の底から浮かびあがるのは、長い間同じ服を着つづけていたせいである。

私たちの着ていたおそろいの深緑色のコーデュロイのジャンパースカート（何を隠そう、母親は『麗しのサブリナ』でヘップバーンが着ていた少女スタイルを真似たのである！）にあわせた秋らしいカラシ色のトックリ首のセーターを、母が友人に頼んで編んでもらった。母の友人は、地味な色のセーターに、気を利かせ女の子らしい可愛さを加えるべく、色とりどりの極細毛糸で小さなバラの花を首のまわりにネックレス状に刺繍してくれたのだった！　好意は好意なのだけれど、母をはじめ、姉も私もギョッとしたのを覚えている。

セーターをとどけてくれた友人が帰ると、母は小鋏で、バラの刺繍を一つ一つ切って取り除いたものだった。

姉は小学四年生だったが、もっともらしく、カラシ色にこういう色の刺繍はあわない、と言って、切りとるのを、せっせと手伝っていた。

イモ・タコ・ナンキン

昔から女の好む食物として、イモ、タコ、ナンキンの三つを並べて挙げるのが、言ってみればコトワザというか、枕言葉のように使われてきたのだった。

また、これも、大昔のはなしなのだが、一般的な子供が好むものとして、巨人、大鵬、玉子焼き、という言い方があって、幼稚で無邪気な人間の好みの代表として使われたことを思い出した。女と子供の好みは、性悪男を表わす粗暴な行為、飲む、打つ、買うという三続きの言葉とは徹底的におもむきが違う。それはそれとして、イモ、タコ、ナンキン、である。

タイトルには中黒の点を入れてしまったが、古くからの言いならわしなのだから読点を使うほうがいいかもしれない。この三つの女性が好むと言われている食品のうち、お芋とカボチャは子供の頃から好き（煮たカボチャの緑色の味の浸みていない皮の部分をいつも食べずに残したものだ）だったが、タコというものはおよそ興味のない食物だった。

タコ（と鯛、というより鯛を最初に置くべきだろう）が有名な明石をひかえる関西地方は別として、関東ではタコと言えば、茹でたものをわさび醤油をつけて食べたり酢のもの（きゅうりとワカメと一緒に）にするのが一般的で、食べ方の変化に極めて乏《とぼ》しい食品だった。イカのように大根と芋類（サツマイモや里芋）と煮たり、フライ（リング・フライも良いが、肉ひき器でミンチにしたメンチ・カツも美味）にしたりすることもなく、おつまみやおやつとしてイカとタコの燻製というものもあるが、この場合も、私はイカに軍配をあげたいと思っていた。

ところが、あれはもう二十代の半ばを過ぎた頃だったが、京都のうどん屋で酒のつき出しに出てきた山椒の若芽をあしらったタコの柔らか煮を初めて食べて以来、すっかり、イモ、タコ、ナンキンを字義通りに信じるようになったのだった。女だから、という訳ではなく、この三つが好きな人物がいるということだ。カボチャは、まあ、無くても困らないが、芋類とタコの柔らか煮と、モチ、日本酒が無いと本当に世界は貧相に感じられるし、困る。

と言っても、ソースで食べるタコ焼きも出汁に付けて食べる卵焼きの変形のような明石焼きも、イタリア料理のタコのトマト煮も、実はあまり意に介することはない。タコは柔らか煮である。

料理の本やテレビの料理番組などで、タコを柔らかく煮る方法は、ソーダ水で煮るとか、これは韓国の例だが、生のタコの足をひとまとめに持って海岸の岩場に強く叩きつける（砧打ちのように）と言ったものが紹介されるのを読んだり見たりしたことはあるが、どうするのが最良なのか、と、神戸の寿司屋で明石ダコの柔らか煮を食べながら（友達のSさんと姉と）、誰からともなく店主に質問すると、返ってきた答えは、大根でタコを万遍無く叩いてから煮る、なのだった。

大根で叩く……。関東生まれの私たち三人の脳裡には、青々とした葉っぱがフサフサと生えているどっしりと太い三浦大根のイメージが同時に浮かんだような気がする。三浦大根を両手に持って、まな板の上のタコ（生でグニャグニャしている）を叩く図である。

思えば、ドイツでは、パウルと名づけられた水族館のタコがフット・ボールのワールド・カップ優勝国を占って的中させたし、タコの項目を調べるために開いた『明治屋食品辞典』には、太古の海で絶滅したアンモナイトが殻を脱して裸になって生き残ったのがタコで、「節足動物の甲殻類の蟹がそうであるように、合理的な体のつくりや知能的な行動は進化の先端の生き物といえる。」（傍点は金井）と書いてあるのだが、これを読むと、食欲は増進しない。私たちは、まだ、とりあえず柔らか煮を食べながら寿司屋のカウンターに座っている。主人は、私たちの脳裡の大根のイメージを読みとったらしく、いえね、そうじゃなくて、と笑う。イモ判みたいに持ってトントン叩くんです。棒のように持ってタコを叩くと大根は割れちゃうね。

タコに関してここにイモという言葉が出て来たのだが、『明治屋食品辞典』には、江戸時代の百科事典『和漢三才図会』のタコの解説が引用されている。ホントォ？という荒唐無稽ぶりで、とても食品についての記述とは思えない。

「タコの性、イモをこのむ。田圃に入り、イモを掘って食う……その頭、浮屠《ふと》（ほとけ、仏）の状のごとし、故にタコ坊主という」のだそうだ。次の引用は良く知られている。私は子供の頃、杉浦茂のマンガで知ったものだった。「タコ、もし飢うれば、おのが足を食う。ゆえに五足、六足のものもまま有り」。

「冗舌性」がねらいでもある、読物的要素のあるこの食品辞典の著者は「株式配当の蛸配当はこのことを援用したコトバである」と付け加えている。株なんて興味を

［サトイモの葉］

持ったこともないから、耳にしたことがない言葉で国語辞典を引くと、タコは独特の体形や生態などからもののたとえや伝説に多く現われる、とある。蛸配当とは「利益がないのに信用保持のため、株主に無理な配当金を出すこと」なのだそうだ。蛸部屋とか蛸足配線とか蛸壺型思考というのは知っているが、タコに関してどうも良い意味で使われる言葉は少ないようだ。

ところで、『和漢三才図会』の書き手は、タコがイモ好きのあまり、田圃に入ってイモを掘って食う、と書いているが、海の生物であるタコが海から上がるのは、むろん人の手によって釣り上げられた（タコ壺などで）時で、イモを食べに田圃にタコの登場する伝説の中ではありそうだけれど、現実ではありそうもないし、小さな愛らしいイイダコ釣りも、イモをエサに使うわけではないようだ。『和漢三才図会』の筆者は、夏目漱石が稲を見たことがなかったのと同じ江戸育ちの学者にありながちな、いわば「イモの煮えたも御存知ない」奴だったのかもしれない。

一富士二鷹三茄子のように、三つの物が順位づけられて権威主義的にならべられるのと、イモ・タコ・ナンキンでは、なんとなくナンセンスな言葉遊びの感じに共通性があるようでいて相当印象が違う。

とは言っても、初夢に見るのに縁起の良い物が富士、鷹と書院造りのフスマ絵のような武家っぽい物が続いて、三番目に、不意にナスビというありふれた野菜が登場するのはどういう訳なのだろう。

そう言えば、カボチャの別名に唐茄子という言葉があった。明治時代に日本に入ってきたのが西洋カボチャだが、ヽヽヽヽトーナスの方は戦国時代にポルトガル船によって持ち込まれたと伝えられている(『明治屋食品辞典』による)。

トーナスという名前で思い出したのがボーナスとトーナスを聞き間違えるマンガのギャグや、九州ではカボチャをボーブラと呼ぶ方言があったということなのだが、今回はイモについて書くつもりで、だから、と言うわけでもないのだがこのところ晩秋から、サトイモ、サツマイモ、ヤマトイモ、ムカゴといったイモ類をずっと食べていたのだった。食感から言えば、クリもイモ類の中に入れたい程だ、と書いて、カボチャにもクリカボチャという物があったのを思い出した!

その前に触れておきたいのが、クリのマッシュである。もう何十年も前になるが、私の小説（『タマや』）が女流文学賞（という、紅白歌合戦のように、男と女をわけた上で女だけに与えられる賞があった）を受賞した時、お祝いに好きな物を御馳走してあげるという方がいて、何を食べたいか、とのお訊ね。丁度その頃、オーソン・ウェルズの日本未公開だった怪作スパイ映画『ミスター・アーカディン』を見たのだった。この何が何やら混迷した映画の中で、クリスマスイヴに刑務所から出てきたばかりのデブのスパイ（O・ウェルズ）が、何かの秘密と引きかえに、刑務所の中でずっと食べたかったフォアグラのソテーに、キツネ色の炒め玉ネギとマッシュ・ポテトをそえたものを、まず用意しろ、と取りひき相手のスパイたちに要求するのだが、時期が時期だけに、フォアグラはどこでも売り切れでなかなか手に入らない、という騒動がある。この三つの組みあわせが絶妙でとてもおいしそうだったので、姉はフォアグラを牛のレバーに変えて（当然のことである。私はまだ文学賞の賞金をもらっていないのだ）作ったのだったが、この組みあわせは、本当においしい。炒め玉ネギにはビネガー、レバーには辛子をそえて――。

お食事に招待してくださった方は、さっそく行きつけのフランス料理店に、私の注文を伝えたところ、ウチのような、高級で趣味性に富んだレストランで離乳食のような素朴なものを出すわけにはいかないといって、特製クリのマッシュを供してくれたのである。これは当然の美味で、フォアグラとはとても相性がよいのだが、オーソン・ウェルズはクリームとバターがたっぷり入った柔らかなマッシュ・ポテトの持つ幼児的味覚を愛していたのではなかったか？　という気がする。

さて、晩秋は里イモにはじまる。八百屋に里イモやサツマイモ、店によってズイキが並びはじめる頃、私たちはそれを買わずに、じっと待つのである。

初物《はしり》は寿命を七十五日のばすというコトワザがあって、七十歳を過ぎると、なんだか意地汚くというか健康願望のせいで、新鮮な野菜の初物を食べるというイメージ（古臭いという意味で）があるけれど、そもそもそういうことを、ふと思い出してしまうのが老化（近頃では、同じ意味なのに言葉を柔らげて、加齢と言う）というものかもしれないし、いくら好物といっても若かった頃のようには沢山の量を食べられない。昔、年上の知人（受賞の祝宴をしてくださった方）は、年を取るとおいしい物を少しだけいただくのが丁度よい、と言っていたものだが、そう優雅なことは、なかなか言えない。姉も私も仕事やら日常の雑用で、そういう優雅なことを言ってられない場合がほとんどである。だから、せめて、最悪、まずくもおいしくもないコンビニ弁当や冷凍食品ですませなければならない時、知りあいの信頼のおける女性たちの意見をきいて、まあまあの物を選びたいではないか。

少し戻って里イモである。秋が深まる頃、東北の各地でイモ煮会がはじまる頃、Sさんから山形の悪戸イモとキノコ類をいただくのだが、晩秋の里イモをこの年初めて味わう時は、このおイモにしたいのだ。肌理《きめ》の細かいなめらかな絹のような舌ざわりと、皮を厚く剝くので、ほんの微かな里イモ特有のドロ臭さがほんのり残る甘さが口の中にひろがる幸福感。

悪戸イモがあまりにも美味なので、他の産地の里イモをしばらく食べる気になれないのだが、そこが世界中に広まったイモ類（あのタコも海から上がって畑に食べにやってくる！）の豊かさと救荒作物でもあった懐の深さで、里イモ以外に、山イモ（本物の自然薯はなかなか食べられないが）や大和イモ、それにムカゴ、サツマイモに、様々な品種のあるジャガイモと、とても食べきれないほどだし、サツマイモ、ジャガイモ、カボチャと同じ南米が原産地のトウモロコシとインゲン豆も忘れてはならない味覚であると書いていると、南アメリカ原産の食物、唐辛子やトマト、ココア、それに食物ではないけれど、もっぱら口から吸引するタバコのことも思い出され、そうなると、もちろんメキシコの極上品のテキーラの刺激を思い出してやめて二十数年がたつのに、タバコの刺激的な香りになつかしさで舌がしびれる。

それはそれとして、私たちの食生活はアメリカ大陸発見以後と以前では、大変な変化があったわけだ。唐辛子の入っていないカレーや麻婆豆腐は、今やちょっと考えにくいではないか。

ダーちゃんと種

中国では、主に男の年寄りが家の表の椅子に座って、一日のんびりとお茶を飲んでいる。カボチャの種の皮を器用に前歯で割って中身を食べながら、という話しを子供の頃、母からよく聞かされた。

二つに割ったカボチャの断面を見ると、空洞になった中央部分に、ワタに包まれた黄色い大粒の種が入っていて、母の作る醤油と砂糖で味付けをしたカボチャの煮物は、よく味の浸みるワタの部分を捨てずに最大限に生かした煮方なので、かならず何粒かの種がワタにくるまれて入っていたから、カボチャの種は、言ってみれば、柿の種よりおなじみの種だったかもしれない、とは言え、この種を食べるって？

カボチャやヒマワリの種が鳥のエサになるということは、話しとしては知っていたが、公園のハトはマメやパン屑を食べていたし、町の庭や物干し台のそこいらにいつでもいたスズメも同様で、お噺の中でスズメは、おばあさんが洗濯（洗い張り用）に使う糊を食べて舌を切られてしまうのだった。

私たちの祖父が竹細工の昔ながらの箱型の鳥籠で飼っていたウグイスは（私は、はっきりとは覚えていないのだが）、姉によると祖父が小さな擂鉢《すりばち》ですりえを作って与えていたのを覚えているそうだ。ところで、すりえという物は何で出来ているのか？　飼い主それぞれの工夫や秘法（羽根の色艶を良くしたり、なにより美声を出させるための）があるにしても、国語辞典的には「川魚・ぬか・玄米・青菜などをすりつぶし、少量の水で練った小鳥のえさ」である鳥用特別食と言うか、栄養たっぷりの自然派ペーストというかテリーヌのようなシロモノである。こういった食事を与えられたウグイスの糞は、古来有名な美肌を作る洗顔料として知られていたが、特有のくさい臭いが今日的ではないし、鳥インフルエンザが流行して以後、すっかり姿を消してしまったのだった。

さて、敗戦を小学生時代に経験した世代の男女と食物の話しをしていて、男はバカだなと思うのは、戦中戦後の食糧難の時代に食べたカボチャとサツマイモのまずさを長いことひきずったまま、今でもイモとカボチャは苦手だという人が多かったからだ。水っぽくてザラザラした舌ざわりでベチャベチャしていて、本当にこんなまずいものはないと思ったのに他に食べるものがないから食べて、ほんとに大嫌いになってそのまま、と言うのだが、同世代の女性の場合は、サツマイモにもカボチャにも、おいしい品種とまずい品種があることを子供の頃から知っていたことが、話しをしているとわかる。

　子供時分に食糧増産計画で作られた、生産量本位で味の悪い農林系と呼ばれていたサツマイモや水っぽいカボチャのトラウマを熱心に語る男たちに比べ、女たちはなにしろ歴史的に、イモ・タコ・ナンキン好きなことが知られているせいもあって、闇雲に嫌ったりはしない。カボチャなら西洋系の栗カボチャ、サツマイモは金時系、と品種をもとにして判断するのだ。

　カボチャはユズ湯と共に、冬至に食べる習慣が古くからあるけれど——昼の時間が短くなる時期、太陽の回復を願って丸い黄色い物を食べたり、身体に触れたりする——今時のカボチャはと言えばもっぱらハロウィンのそれだろう。

　ところで、猛禽類やツルやサギとは別の、いわゆる小鳥がエサを食べる様子は、クチバシで啄ばむと言われているけれど、インコのダーちゃん（詩人の吉岡実の家で飼われていた）がエサ入れに入った種を食べるところを初めて見た時は、これは啄ばむではなく摘むだな、と感心したものだった。インコはオウム目インコ科の鳥の総称で大きさも種によって様々で羽根の色も変化に富み、二七一もの種があるそうだが、子供の頃からなんとなく知っていたのはセキセイインコだった。物真似はうまいらしいけれど、なんと言っても小柄で子供心に、オウムの堂々たる大きさと派手な色のモードっぽさの方が上等だと思っていたものである。

　吉岡さんの飼っていたダーちゃんは、名前から予想できるように、ダルマインコで、話せる言葉は、もっぱら、ダーチャンの一語で、ダーチャンとかん高い声で言っては、小首をかしげ、羽根の色も地味目。ダルマというくらいだから、なんとなく福ダルマの赤を連想してしまうが、赤と対比すれば禅画に出て来る達磨大師のイメージに近いかもしれないし、カボチャの緑色の皮と中身の黄色を連想させなくもない。

　ダーちゃんは鳥籠のとまり木にとまって、体をかたむけてエサ入れの中のヒマワリの種を脚でつかみ、鉤形に曲ったクチバシに持って行き、器用に種の外皮の先端を割って剥き、中身を取り出して食べるのである。私の記憶しているダーちゃんの一連の動作は正確ではないかもしれないが、種を片脚でつかんでクチバシで剥いた外皮が鳥籠の底に落ちて、小さな丸い頭の首をかしげて、器用に中身を食べる真面

「鳥の住む空間」

目くさった仕草に混ざるうっとりとした表情が可愛いのである。

カボチャの種もエサの中に入ってはいるのだが、それより一回り小さな緑色のヒマワリの種が好きだった。戦前の中国の老人たちは、ヒマワリの種よりカボチャの種を好んで食べたようで、他のナッツ類にカボチャとヒマワリの種の入ったミックス・ナッツをスーパーで売っているが、最後まで残るのが粒の小さなヒマワリの種で、これはどう考えても、鳥のエサという味なのだ。

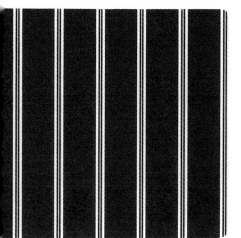

ミツバチのささやき

何年くらい前だったか、作物の受粉に使われるミツバチが大量死して世界的規模でミツバチ不足という事態があった。

ミツバチ大量死を告げるテレビのニュース・ショーでは、もちろん、それをおどろおどろしくミツバチの謎の死と報じるのだったが、人間がどのようにミツバチたちからハチミツを奪っているかをちょっと考えれば、すぐに見当がつくと言うものである。ようするに働かされすぎによる過労死だったのだ。

ミツバチたちが花の蜜を集めて口から出る酵素によってブドウ糖と果糖に変化させて蓄えるハチミツを、人間が養蜂として家畜化し、搾取したのは紀元前一万五千年から一万年頃からと言われているが、ミツバチ大量死のニュースを知って思い出したのが、『みつばちマーヤの冒険』という子供向けの小説のことだった。私はそれを読んではいないのだが――。

学校の図書室の蔵書の創元社版の「世界少年少女文学全集全50巻」の第16巻ドイ

「スプーン」

「スプーン」

ツ3はケストナーの『飛ぶ教室』と『ケストナー氏の二、三の意見』、ヘッセの短編、ボンゼルスという作者の『みつばちマーヤの冒険』で、後年、古本屋で買った手もとにあるマロの『家なき子』（第12巻、フランス2）の後のライン・アップ目録を調べてみて、六十何年目にして、はじめて作者の名を知ったのだった。小学生の頃、ケストナーとヘッセの短編は読んで、なぜ、『みつばちマーヤの冒険』を読まなかったのか、はっきり覚えている。巻末の解説を読むと、働きバチのマーヤを主人公にハチたちの社会の一糸乱れぬ勤勉ぶりが語られるらしい、いかにもお説教臭くて面白くなさそうだ、と直観したからだ。まあ、ケストナーの小説だって、基本的にはお説教臭くはあるのだけど。

さらに、私の判断が正しいことを証明すると思えたのは、クラスの優等生の女子が、私のすすめたピエール・カミのナンセンス小説オルメス探偵物を読んで、バカバカしいと感想をもたらす一方、『みつばちマーヤの冒険』にいたく感動したと言うのである。この小説の中で、美しい行いとして称揚されている（はず、の）自己犠牲的行動など一切しない優等生が、である。

まあ、それはともかく、私が小学生だった昭和三十年代の前半は、戦後の貧しさというより、戦前的な暮し方が残っていた。少しばかり町の中心から離れた郊外の広い庭のある家に住んでいた親類の家では、子供が多かったせいもあって、ニワトリやミツバチを飼い（庭の日あたりのいい場所に木の巣箱が置いてあった）、ナスやキュウリやトマト、唐モロコシといった夏野菜を作っていて、収穫した野菜やハチミツ、時にはつぶしたトリ一羽といった新鮮な御馳走をいただいたものだった。

その中でも忘れ難いのがハチミツで、炭火で焼いたトースト・パンにバターをたっぷり塗り、ガラスのビンに入ったコハク色の透明なハチミツを載せた味は、とろける、という言葉が口の中いっぱいに広がる、あたたかな蜜とバターと小麦の混った甘美な御馳走なのだった。

親類の家の庭にはいろいろな花が咲いて、ニワトリが鳴きながら庭を歩きまわっている音やミツバチの、ブンブン、ジージーといった羽音がしていたが、ハチたちの暮しは庭の草花の蜜だけでは成り立たないから、近所の菜の花やレンゲの畑まで蜜の採集に飛んで行っただろうし、それより何より、庭をはさんだ隣家のピアノの先生親子と祖母が三人で住んでいる家の庭に、アーチ作りやなにやらに仕立て咲き乱れていたバラの花にもぐって蜜を集めていたはずだ、ということを不意に思い出した。

花の種類によって付けられるハチミツ名としては、雑蜜ということになるのだろうが、その蜜の味が何に似ていたかというと、イングランドの名高いコッツウォルドのそれなのだ。色は何種類かあるのだけれど、濃くてベタベタした（といっても蜜の濃度のことで、味のくどさを言っているのではない）香り高い豊潤さが、バターと小麦のパンにとてもよく合うのだった。

コッツウォルドのハチミツは、何年か前までは業界全体としてそれほどまでに業態が悪くはなかったので、お歳暮を関係者に贈る床しく形式的な習慣のあった出版社から毎年贈られてきたもので、いかにも趣味の良い贈物だったと思う。

今でもデパートに行けば買えるのだが、なんとなく買いそびれてしまうのは、友達や知人から国産のいろいろな地方のハチミツや、ニュージーランドのマヌカ・ハニーをいただく機会がなぜか続いているせいかもしれない。ふと思い出した幻の幼年時代の蜜の味が、記憶していたというより、思い出すことで加味された様々な花の香りやハチの口中にあるという酵素よりも強力な、言葉による思い込みで変化していることを考えると、幾分かがっかりすることを、怖れるからかもしれない。なにしろ、あの親類の家の庭に飛びかっていたミツバチの集めた蜜はもう二度と味わうことの出来ないものなのだから。

ところで、『みつばちマーヤの冒険』の世界観はファシズムのそれと言うより、キリスト教の世界観と密接なのだそうだ。勤勉（industry）、秩序、純潔、倹約（economy）、勇気、思慮、協力（co-operation）、といった概念をミツバチの集団が表わしていると中世のヨーロッパ社会は考え、それは忠実にマーヤの世界にまで通じていたわけである。ようするに「会社」の概念とぴったり一致しているのだ。なるほど。ミツバチ資本主義という息苦しい理想社会形態がありそうではないか。

新しい冷蔵庫を買う

その昔、テレビという物が駄目になる時は、いわば、時間がかかるのだった。映像の乱れや音が出ないとかの、こわれはじめている状態がグズグズと続いてから、いよいよ本格的に映らなくなって、無ければ無いで別に不自由なこともないから買い換える必要もないか、と思ったりしているところに、名作映画劇場などで、是非とも見たいと思っていた古い映画が何本も放映されたりすることがあって、それならば、と新しいテレビを買うことになるのだった。

その後、地デジ化とやらでテレビが薄型化して十四、五年はたった間に、二度テレビ受像機を買い換えたのだが、近所の電気屋の若社長によると、そもそも家電製品は、長く持って十年というコンセプトで作られているのだそうだが、なによりの特徴は、いきなりなんの前ぶれもなく画面が黒くなって、それっきり映らないという壊れかたをすることかもしれない。

冷蔵庫の場合は、（十何年か前に買った物だが）チルドと呼ばれている場所に入れておいた食品が、半分ほど凍ってジャリジャリした状態になるのだが、なにしろ氷を入れて食品を冷やす、非電化の木製冷蔵庫を知っている世代だから、冷蔵庫というものは冷やすものだという概念だけが根強くあって、多少のことは我慢してしまうのだった。

とは言え、冷蔵しておくべき食品が冷蔵室の場所によって半分凍ってしまうのは不便だし、コロナの影響（コンテナでの輸出入がとどこおったために）で家電系の機械部品が品不足で、いつ製品が入るかわからないと言われてみれば、入荷しだい買うという予約をしないわけにはいかない、と私たちは考えたのだった。

たとえば、コロナに感染したとして、いくら持病のある高齢者とはいっても、いろいろな報道を見たり読んだりするかぎり入院出来るとは限らず、いわば囚われの病人となってしまう可能性が大。そうなったら、食料と熱のある頭を冷やす、昔風に言うならばゴム製の氷枕のような物が必要で、そのためには冷蔵庫は壊れていては困るのだ。

十一月の初めに予約した冷蔵庫は、一月の末にとどいた。買い換えるのは十四、五年ぶりで、前の時も狭い階段を二階まで運んでくれた若社長は、最新の冷蔵庫と

「乙女の祈り」

この古い型（中を空にしておいた）との最大の違いは、野菜室より冷凍室の方が容量が大きいということです、と、私たちの、えっ?! という表情を見ながら自慢そうに言うのだった。一月も末で、食生活的には、大根とか白菜とかキャベツといった野菜室の空間を占有しがちの野菜にはいささか食傷気味の時期だったので、新しい冷蔵庫の空間の変化に困惑せずにすんだものの、考えてみれば、いや、考えなくても、引き出しを開けてみれば、いわゆる冷凍食品は数える程しかないものの、小分けして冷凍した食品（パンや肉、魚、スープストック）、納豆などが入っている冷凍室なのだが、電気冷蔵庫の歴史の中で、その場所が何度も変わった唯一の空間だろう。

アントニオ・ロペスという現代スペインの大画家（十年に一度程のペースで作品を撮るスペインの特異な映画作家ビクトル・エリセが'92年に撮った『マルメロの陽光』は、ロペスが自宅の庭に植えた小さなマルメロの木を、移り変わる陽光の下、過激にゆっくり流れる重層的時間の中で描く映画だった）を代表する作品とは言えないのだが、彼には二作の電気冷蔵庫を描いたタブロー、'66年の「アイス・ボックス」と'91年～'94年に描いた「新しい冷蔵庫」がある。

私たちは、外国で使われている冷蔵庫という物をアメリカ映画やアメリカのドラマの中で見るともなく見ていたような記憶を持っていて、それはとても大きくて電気製品というより家具とでも言った印象のものなのだった。スクリーンやテレビ画面上のそこから取り出される食品は、冷蔵庫にふさわしくデカイ容器入りのミルクかジュース、カン・ビール、そしてバケツのようにデッカイ紙パック入りのアイス・クリームに限られていたような気がする。なにしろ冷凍室が大きく、冷たく甘味のある物や冷凍のパイやケーキがいくらでも詰め放題、食べ放題なのだ。

これはやはり特殊な資本主義消費社会兼デブの帝国ならではの冷蔵庫であって、私たちの世代にはスペインの大画家が'66年の古いアパートで使っていた白い金属製で角の丸い、どことなく優雅でさえあるデザインの、小さな製氷室付きの物が、電気冷蔵庫の一番古い記憶である。冷蔵庫と洗濯機、テレビの三つが、戦後の新しい、と言っても相変わらず父権が支配する文化生活の「三種の神器」と言われたのだったが、今の若い人たちには、そもそもなにが神器なのか、なんのことだかさっぱりわからないだろう。

ロペス家では伝統的なつつましい（しかし豊かな）食品が料理されて食卓に供せられたのが、彼の作品からも想像できるのだが、それにしても、と姉と私は言いあうのだった。

台所の絵を描いた画家は、十八世紀のフランスの画家、シャルダンが有名だし、食物を描いた静物画も沢山ある。でも、アントニオ・ロペスの冷蔵庫のような冷蔵庫が描かれたことは、おそらく決してないね。

新しい冷蔵庫の外装は鉄板に塗装をしたものではなく、電気屋の若社長の説明によると、ガラスを吹きつけた物なのだそうで、今まで鍋つかみをかけて使用していたマグネットとスパゲッティの一人分を量る物兼セン抜きになっている物と、ゆで卵を作る時に針で穴をあけてカラを剝きやすくするマグネット付きの百均グッズが便利な置き場所を失ったことが少し不便なのだが、しかし、そのせいで台所の一角がすっきりしたのは確かである。

II

「アリスの本」

和紙と千代紙

かれこれ、四十年以上になるだろうか、小意気で愛らしい図柄が気に入って買い込んだいせ辰の千代紙を切るのは、どうにもしのびないところがあるのだが、思いきって、お茶筒に貼ることに決めたのが、二十数年前。

千代紙を貼った出来あいのお茶筒は、どうも図柄が野暮ったくて使う気になれなかったのと、金沢の丸八の加賀棒茶の缶や、いただき物の煎茶の缶がいくつもいくつも溜っていたので、それなら、自分たちで千代紙を貼ればいいじゃない、と思いついたのだ。それが思いの他に楽しくて、つい夢中でこの柄、あの柄と貼って数が増え、知人へプレゼントしたりして、残ったのが、この三つの缶。

竹で編んだザルやお菓子の入っていた杉箱に和紙を貼るのは、昔から女の子や女の人が誰でもやった手すさびの一つで、箱は文箱やお針箱にしたものだ。和紙で補強されるとザルはびっくりする程丈夫になるので、卵白を塗るとお手製の一閑張りまがいのものが見事に出来るのだ。

厚味のある木箱に和紙を貼るのは、角かどの処理に手ぎわの上手下手があらわれやすくて、手を出しにくいけれど、ザルと缶は意外に簡単で、角が立たず、丸く収まって、ごまかしがきく。

お茶筒もザルも、二十年以上毎日使って、いささか古びたので大切に取ってある千代紙で新しく作ろうかと思うのだが愛着があって使い続けている。

居心地が悪い

私自身使いはしないのだが、実は違和感を持たずにはいられない、とある場所で使われる言葉が三つある。

と、その三つの言葉、を使って原稿用紙に文章を書いて読みかえしてみると、実のところ、これはこれであたりまえに通用している今日の普通の文章の一つなのかもしれないという気になってしまうのだが、冒頭の短い文章の中に、違和感を持つ言葉が三つあるのは事実だ。

「私」ではなしに、あえて「私自身」と語るのは、「これは他でもないこの私の経験なのだ」と力んだ主張をしている幼さが感じられて滑稽な印象を与える。

この「自身」という言い方にはヴァリエーションもあって、つい先日テレビで耳にしたのは「コロナ禍のステイホームでクッキングに目覚めて、プロ仕様の男性用エプロンを自分自身で買いにいらっしゃるお客様が増えた」と語る銀座の老舗の刃物屋の店員の例である。この場合は、伝統も売りの商売なのだから、御自身でお求めになるお客様、と接客用語を使うべきだろう。

「とある」という言葉は、曖昧に意味ありげさを示す「ある（或る）」よりも限定的に、偶然さしかかった場所や、偶然そうなった日時、偶然に聞いたり見たりしたことやものなどを意味するわけで、本来の用法には特徴的に偶然性が含まれているのだ。古語とまでは言わないが、昔話とか落語の中で、山の中で道に迷って心細く疲れた旅人が小さくともっている灯りをたよりに、辿《たど》り着くのが、とあるいぶせき一軒屋であり、とあるは、孤立したはっきりとは名ざせない空間を示しているはずの言葉でもあるのだろうし、夢の中で成立する空間でもあるはずだ。ところが近頃では、テレビのグルメ番組や新聞のコラムに「魚介の生パスタが評判、渋谷のとあるイタリアン・レストラン」と紹介されたり、中堅作家の小説の中に「とあるラブホテルの部屋」で主人公が恋人と結ばれたりするのだが、両方とも、「とある」どころか「ある」という言葉を使う必要さえない文脈だから、文章に調子や弾みをつけたつもりなのだろうかと、つい古風に首をかしげてしまう。

「実は」という言葉が文章や会話に登場するのはどんな状況だろうか。想像するだけだが、たとえば夫婦間でこの言葉が発せられるのは、夫でも妻でも、「実は」と口を切った方が、不倫相手に金銭を要求されているとか、勤め先が倒産したとか、何かそういった重大な、口にしにくい事態を告げて、それを明きらかにする場合だろう。ところが、テレビのニュースのナレーションにも、「実は」は、「事実がはっきりした」という用法ではなく、単に調子を取るための接続詞として、「ところで」や「話しは変って」や「御存じのとおり」といった意味で、便利に際限なく繰り返される流行語のようなのである。実は、驚くほどのことではないのかもしれないが、私としては、実は、居心地が悪い。

一枚の布の展《ひろ》がり

「一枚の布」という言い方がある。もちろん、そうした言い方だけではなく、「布」は薄い一枚の、ある意味限りなく長さを変えるしなやかな「物」として存在するのだし、厚手の布地と言ったところで、石や金属や木にくらべて布は、その一番の特質であるしなやかさでもって人間の長い歴史の中に文字通り織り込まれて共に生きてきたのだ。

　布と人間が共に生きたあまりに遠大な時間と、たとえば古代遺跡で発見されたミイラが身につけていた布の断片や彫像や壁画に刻まれたり描かれた人物が身にまとう、様々な表現には布の持つ柔らかさをいとおしむかのような陰翳に富んだ襞《ひだ》と、その襞を持つ布地が擦れてたてるきぬずれの音までもが籠められているように思える。布で作られた衣服は、それがカラーフィルムによる写真に撮られたことによって、失われた物の膨大な生命と時間に生命が息づきはじめるのを体験する石内都の撮影した広島に落された原爆の遺品としての戦時下の衣服の持つ、意外なまでのあかるい色彩と細やかな針の豊かな装飾性も知ることが出来る。
私たちは一枚の布を身につけながら、もちろん意識せずに、歴史をまとってもいるのだ。たとえば、一枚の布を手にとって、世界地図を開いてみれば、私たちの無知を思い知ることになる。

去年（二〇二一年）の三月、ミャンマーの反国軍デモへの弾圧の最中、ミャンマーの最大都市ヤンゴンの複数の通りに、何本ものロープがかけ渡されて、何枚も何枚もの無数の「ロンジー」と呼ばれる色とりどりの布が洗濯物を干しているというより、何かを表わす旗じるしのように広げられ、風にはためいたり、静かに垂れさがっていたりする映像をテレビで見たのだったが、それは一枚の織られた平らな布を腰に巻きつける女性用のスカートであるロンジーの下を男が歩くと運気が悪くなるとミャンマーでは信じられていて、それを利用し、何枚ものロンジーの布を吊すことで、治安部隊がデモ隊に襲いかかるのを阻止しようとしたと言うのだ。実際、道路の上を横ぎって高く吊されたロンジーを目のあたりにして立ち往生する部隊が続出したと言う。

ヨーロッパには「女のスカートに隠れる」という言葉があって、それは男のみっともないい振舞いを指す言葉で、近年ではイラクのフセイン大統領がアメリカ軍から逃れて脱出した時、ムスリムの女性が全身をすっかり覆うためのドーム状の暗闇の垂れ幕のようなヘジャブを着て変装していたと言われたが、これも、スカート——身を包むための一枚の布の変形としての——であり、ヴィクトリア朝的の因循姑息な観念では、グランド・ピアノの優美な曲線を持つ三本のむきだしの脚を扇情的と見なして、それを隠すためのピアノ・カヴァー、ようするにピアノにスカートをはかせたのだった。十九世紀末か二十世紀初頭が舞台の二十世紀半ばのハリウッド映画『大砂塵』(一九五四年、ニコラス・レイ監督)では、ヒロインのジョーン・クロフォードが、白い柔らかな落下傘のようなスカート姿で弾くピアノの黒いカヴァーの中に、傷を負った若い少年のような、ギャングを隠して、追跡者たちを追い払おうとするし、原作の小説は読んでいない『ブリキの太鼓』(一九七九年、フォルカー・シュレンドルフ監督)では、なんと言うか、もっとあからさまに、戦場からの脱走兵がジャガイモ畑の農婦のスカートの中に匿われ、農婦はやがて子供を産むことになるのだった。スカートのことを少し考えるだけで、私たちは長く長く織られた布が地図の上を羽衣のように舞う歴史に、目まいを感じることになる。カンボジアの布について書くはずが、つい横道にそれてしまった。手織りシルクの厚手の平織りや綾織りのカンボジアの織物を教えてくれたのは姉の絵のコレクターでもある文化振興ネットワークの大滝夫妻で、姉も私もその美しい滑らかな色彩とすべすべした手ざわりに興味を持つことになったのだった。

一九七〇年代のカンボジアのポル・ポト派の国民虐殺には、伝統的工芸品を含めた価値観といった旧思想的世界観の殲滅が含まれていて、宗教的な主題を持った布（ピダン）や一枚の布で出来ている衣装などの絹織物を作る村はほぼ壊滅状態におかれていたのだが、村とそこで作られていた伝統的織物を復興させたのが、京都の手描友禅職人だった森本喜久男氏（一九四八〜二〇一七年）で、彼が創設した「ＩＫＴＴ」（クメール伝統織物研究所）で、森本氏の活動は、伝統的なかすり織物を復活させただけではなく、失われた「村」を地元の住民たちと作りあげ、そこで織物の糸から様々な材質の染料の原料を作り、代々の手作業を通して受けつがれてきた絹絣《きぬがすり》の織物にたずさわる職人たちを育ててきたのだ。『カンボジアに村をつくった日本人』（白水社）によれば、森本氏はアンコールワットの北にある荒地を購入し、蚕の食べる餌の桑の木や染料の植物を植え、小さな織機を作り、絣の技法を学ぶ学校もある「伝統の森」を作った人である。森本氏の活動はテレビで紹介されたり、雑誌や書籍のかたちで紹介されてもいたのだが、あまり興味を持たなかったのは、実際の織物を眼にしたり手で触れるという経験が欠けていたからだったと、あらためて思いあたる。

　森本氏の活動を紹介する本や雑誌に載っている、クメール特有の黄色い蚕の糸や黄色の糸とカイガラ虫で染めた紫色がかった赤い糸が織りまざった独特の布地は、もちろん美しいし、織物を形成する様々な複雑な工程の持つ魅惑的とさえいえる手作業の解説や、複雑な図柄の絣の模様を作るためのタテ糸の染め方が、織りという手作業のうちの「括《くく》り手」の頭と指の記憶にかかわっていることなどが理解できるのだが、やはりなんと言っても布は、その触感を肉体《からだ》に巻きつける（と言うか身にまとう、身におびる）ことによって、しかしそれがいろいろな理由で無理なのであれば（たとえば、そうした布を豊満な肉体にまとっているアンコールワットの女神たちの石像と比べても無意味とはいえクメールの黄金の繭——文字通りに——で手織りにされた布を身につけることが、自分の身体に見あった振舞いか？　という、たいていの場合、もっともな疑問……）、眼とてのひらで触れて楽しむことが出来るし、そっと首や肩に巻いてみることも出来る。ざっくりとして動物的な感触の繭と生糸の手ざわりをずしりと残して、あくまで柔らかにドレープの陰を描く絹布は、思いの他にカジュアルに使用することが出来るのだ。

森本氏亡きあとのＩＫＴＴの指導的メンバーとして現地の「森」で活躍する岩本みどりさんに伺ったのだが、カンボジアの手織り絹布に一番あった洗濯法は、タンパク質の蚕糸《さんし》の性質が髪の毛に似ているので、シャンプー剤で洗い、折り畳んで手で押して軽く水気を切り、陽の光と風にあてて干すことだと言う。

カンボジアの布に魅せられた大滝夫妻は、ＩＫＴＴの岩本さんに複雑な図柄と大きさ（約７×１ｍ）のピダン（「孔雀」、「生命の樹を守護するナーガ」）を発注することに決め、その際姉が助言を求められたのだ。ネットを通じて会話をする機会のあった若い少女のように見える織り手たちは、恥かしそうににこやかに笑い、さよならの挨拶に胸の前で振られたしなやかな指は、糸を括ったり、織機にタテ糸をかけたり、横糸を巻いた杼《ひ》を通したりと、リズミカルに敏捷に動くアルチザンの手なのだ。

カイガラ虫の美しい赤で染められた布地はアンコールワットのクメールの森から失われかけ、それを復活させた森本さんを通して、彼女たちに織り重なって続き、柔らかさと対をすることのない緊密な厳格としての織物として受けつがれたのだ。

あとがき

二〇一九年から二〇二二年にかけて「天然生活」誌上に連載した、姉の絵と私のエッセイをまとめたこの本は、『たのしい暮しの断片《かけら》』(二〇一九年)の続篇ということになります。

連載期間中は、いわゆるコロナ禍と重なり、私たち姉妹は高齢者(おまけに私は喘息の持病あり)ですから、大事をとって担当の編集者の八幡さんともあまり会うこともなく、電話での打ち合せで仕事を進めていたのですが、そこは、なにしろ二度目の連載ですから、気心は知れています。無事、おわって、こうして「あとがき」を書いている次第です。

同じ誌面に映画監督の井口奈己さんのお気に入り映画のヴィデオを紹介する連載もあって、私たちとしては、気持良い「断片《かけら》」を楽しむことが出来ました。

本書の、長い奇妙なタイトルは、エッセイのタイトルの中から、語呂が面白いと言うので平凡社の日下部さんが選んでくれました。私たちも気に入ってます。どうぞ、本書の絵と文章をお楽しみください。

二〇二二年十月

著者たち

［掲載作品リスト］

カバー、P.18-19 「手芸屋」テンペラ、糸、リボン、木
表紙、P.219 「アリスの本」コラージュ
P.2 「窓の内と外」リトグラフ、テンペラ、木
P.7 「赤い爪」コラージュ、テンペラ
P.14-15 「四つの山」テンペラ、毛糸、刺繡糸、リボン
P.26-27 「秋の散歩」テンペラ
P.31 「箱の内と外」テンペラ、箱
P.38-39 「サーカスの少女」テンペラ、箱、オブジェ
P.42-43 「真珠博物館」木、ビーズ、鉛筆、テンペラ、養殖真珠付きスプーン
P.50-51 「チョコレート・ボックス」鉛筆、リトグラフ、ボールペン、フェルト、オブジェ、アクリル
P.58-59 「孤独な部屋」鉛筆、コラージュ、養殖真珠付きスプーン、オブジェ
P.62-63 「クロコダイル・ボックス」箱、テンペラ、ビーズ、羽根、ブローチ、玩具、ブレスレット
P.71 「運命の男、スクリーンの中の、」テンペラ、ビーズ、写真
P.78-79 「賢島」テンペラ、レース、布、鉛筆、糸、人形、麻ヒモ、プラスチック玩具、針金、ビーズ
P.86-87 「ローラ」テンペラ、着せ替え人形（紙）、フィルム、木
P.90 「命あっての……」布、リトグラフ、鉛筆、コラージュ、木
P.94-95 「箱の中の風景」テンペラ、木、フェルト、養殖真珠付きスプーン、鉛筆、コラージュ
P.102-103 「心地よい場所」テンペラ、毛糸、ヒモ、玩具
P.110 「花園」鉛筆、色鉛筆、油彩、パステル
P.114 「猫たち１」鉛筆、パステル
P.115 「猫たち２」鉛筆、リトグラフ、色鉛筆、パステル
P.126-127 「黒トラ猫の冒険」テンペラ、木
P.134 「ボックス１」鉛筆、アクリル絵具、木
P.142 「ボックス２」キャンバス、テンペラ
P.150-151 「花を買う、花を飾る」テンペラ、ガッシュ、化粧用顔料
P.162-163 「ウサギの小屋」テンペラ、木の箱、コルク
P.170-171 「ピクニック」コラージュ、アクリル、鉛筆
P.172-173 「グレース」コラージュ
P.175 「ラ・パロマ」ビーズ、額、テンペラ、玩具
P.182-183 「おそろいとおさがり」色鉛筆、鉛筆、パステル、テンペラ、刺繡糸、フェルト、麻ヒモ
P.190-191 「サトイモの葉」テンペラ、額、毛糸、刺繡糸
P.202-203 「鳥の住む空間」木、ボローニャ石膏、コルク、ブリキのバッヂ、鳥のオブジェ
P.206 「スプーン」額、養殖真珠付きスプーン、鉛筆、スミ
P.207 「スプーン」額、養殖真珠付きスプーン、鉛筆、色鉛筆、鳥のオブジェ
P.214-215 「乙女の祈り」プラスチックの箱、筆、木のオブジェ、写真、カギ

＊掲載にあたっては、作品所蔵者の方々のご協力に感謝いたします。

［初出一覧］

暮しの断片《かけら》（木のヘラが台所に再び参加する〜新しい冷蔵庫を買う）
「天然生活」2019年3月号〜4月号、2019年10月号〜2022年5月号

和紙と千代紙
「天然生活」2020年11月号

居心地が悪い
「暮しの手帖」2020年12月−2021年1月号

一枚の布の展《ひろ》がり
書き下ろし

金井美恵子　かない・みえこ

小説家。1947年、高崎市生まれ。67年、「愛の生活」でデビュー。68年、同書で現代詩手帖賞受賞。小説に『岸辺のない海』(74年)、『プラトン的恋愛』(79年、泉鏡花文学賞)、『文章教室』(85年)、『タマや』(87年、女流文学賞)、『恋愛太平記』(95年)、『噂の娘』(02年)、『ピース・オブ・ケーキとトゥワイス・トールド・テールズ』(12年)ほか。エッセイに『映画、柔らかい肌』(83年)、『遊興一匹 迷い猫あずかってます』(93年)、『愉しみはTVの彼方に』(94年)、『スクラップ・ギャラリー　切りぬき美術館』(05年)、『目白雑録』1〜6(04年〜16年)、『金井美恵子エッセイ・コレクション［1964-2013］』(全4巻、2014年)、『カストロの尻』(17年、芸術選奨文部科学大臣賞)、『『スタア誕生』』(18年)、『たのしい暮しの断片』(19年)ほか多数。

金井久美子　かない・くみこ

画家。1945年、北京生まれ。ルナミ画廊(67年)、シロタ画廊(75年、77年)、アートスペース美蕾樹(87年、03年)、青山ブックセンター(02年)、中京大学アートギャラリー／ギャラリー椿(グループ展「封印された星　瀧口修造と日本のアーティストたち」05−06年)、村越画廊(07年「楽しみと日々」、11年「猫の一年」、13年「小さいもの、大きいこと」、16年「お勝手太平記」「金井久美子　猫デッサン展」)にて個展開催。装画に『ネコのしんのすけ』(02年)ほか。『愛の生活』(68年)から『『スタア誕生』』(18年)まで、妹・金井美恵子の著作の多くに装幀家としてかかわり、装画を手がける。姉妹の息のあったコラボレーションが楽しめる書籍に『金井美恵子・金井久美子の部屋』(85年)、『ノミ、サーカスへゆく』(01年)、『待つこと、忘れること？』(02年)、『楽しみと日々』(07年)、『たのしい暮しの断片』(19年)、『鼎談集 金井姉妹のマッド・ティーパーティーへようこそ』(21年)ほか。2018年4月、神戸・KIITOにて、姉妹による「トークと絵画と映像による本の世界」展(主催／一般財団法人文化振興ネットワーク)を開催。

［作品撮影］

扶桑社　P. 26-27, 31, 38-39, 42-43, 58-59, 62-63, 71, 78-79, 90, 94-95, 102-103, 115, 126-127, 134, 142, 150, 151, 162-163, 170-171, 175, 182-183, 190-191, 202-203, 214-215

栗原論　P. 2, 7, 14-15, 50-51, 86-87, 110, 114, 172-173, 206, 207, 219

［装幀］

金井久美子

［レイアウト］

金井久美子

中村香織

シロかクロか、どちらにしてもトラ柄ではない
たのしい暮しの断片《かけら》

2022年11月25日　初版第1刷発行

文　金井美恵子
絵　金井久美子

発行者　下中美都
発行所　株式会社平凡社
〒101-0051 東京都千代田区神田神保町3-29
電話　03-3230-6585（編集）
03-3230-6573（営業）
ホームページ https://www.heibonsha.co.jp/

印刷・製本　中央精版印刷株式会社

ISBN 978-4-582-83913-5